Das Blaue Band

Ein Göttingen Krimi

Axel Rüffler

AF144863

Der Autor

Axel Rüffler, 1963 in Halle/Saale in der DDR geboren, machte eine Ausbildung zum Elektriker in den VEB Leuna Werken und reiste 1988 in die BRD aus. Danach absolvierte er eine Ausbildung zum Krankenpfleger in der forensischen Psychiatrie, wo er bis heute arbeitet. Er entdeckte erst spät, im Alter von 50 Jahren, seine Leidenschaft am Schreiben, als er in der bierseligen Runde eines Bildungsurlaubes aufgefordert wurde, die Geschichten, die er erzählte, zu Papier zu bringen. Er sagte zu und begann am nächsten Tag seinen autobiografischen Roman „Letzter Ausweg Staatsfeind".

Nach den Krimis „Abseits", „Katzengold" und „Aranea" sowie der Satire „Karma Heil" erscheint nun mit „Das Blaue Band" sein vierter Kriminalroman.

Axel Rüffler

Das Blaue Band

Ein Göttingen Krimi

Kriminalroman

Impressum

Bibliografische Information der Deutschen
Nationalbibliothek:

Die Deutsche Nationalbibliothek verzeichnet diese
Publikation in der Deutschen Nationalbibliografie;
detaillierte bibliografische Daten sind im Internet über
http://dnb.dnb.de abrufbar.

TWENTYSIX – Der Self-Publishing-Verlag

Eine Kooperation zwischen der Verlagsgruppe Random
House und BoD – Books on Demand

© 2019 Axel Rüffler

© 2019 Coverfoto: Sabine Schultz & Axel Rüffler

Herstellung und Verlag:
BoD – Books on Demand, Norderstedt

ISBN: 9-783740-733650

Nun erscheint mit „Das Blaue Band" der vierte Teil der Krimireihe. Nach Fällen, die sich durch halb Europa zogen, ist nun Göttingen der Schauplatz des neuesten Romans.

Viele der hier erwähnten Ereignisse entsprechen durchaus der Realität, vor allem die Gitter Projekte hat es wirklich gegeben. Nicht zu vergessen die perfiden biologischen und chemischen Kampfstoffe, die während der Zeit des Kalten Krieges entwickelt wurden und in den Wirren der Wende durchaus in falsche Hände geraten sein könnten.

Personen und Handlung des Kriminalromans sind jedoch frei erfunden. Übereinstimmungen mit real existierenden Personen sind daher nicht beabsichtigt.

„Bernd Hausmann ist tot!"

Moulin waren die Fragen noch deutlich anzusehen, die diese Meldung, die er gerade vom BKA telefonisch erhalten hatte, bei ihm aufwarfen. Gedankenversonnen war er, nachdem er an der Tür zu Simonds Büro in der Zentrale von Europol angeklopft hatte, ohne eine Antwort abzuwarten gleich eingetreten.

Simond schaute erschrocken über den Bildschirm seines PCs, an dem er, wie eigentlich jeden Tag in den letzten Monaten, die Unmengen an Daten auswertete, die ihr letzter Fall „Aranea" hinterlassen hatte.

Mit einem leisen „Merde" beendete Simond die Stille, die nach Moulins Information für geraume Zeit im Raum eingetreten war, „es ist also nicht vorbei. Wäre auch zu schön gewesen."

Simond atmete tief ein, um danach langsam, mit den Händen hinter dem Kopf, auszuatmen.

„Ich habe gestern nochmal die Fahndungsergebnisse nach Klappblau abgefragt. Nichts, absolut nichts."

„Unser letzter Fall und der Tod von Hausmann müssen nicht unbedingt was miteinander zu tun haben", bemerkte Moulin zögernd, er war anscheinend selbst nicht von seiner Aussage überzeugt.

„Okay, und wie kommst du darauf?", fragte Simond stirnrunzelnd.

„Nun, Hausmann wurde von einem Wagen überfahren, der Fahrer hat danach Fahrerflucht begangen. Also, ich meine, rein faktisch könnte das auch reiner Zufall sein."

„Das glaube ich nicht", Simond machte eine kurze Pause und kratzte sich am Kopf, bevor er weiterredete.

„Kannst du dich erinnern, da war doch so ein Vorfall in Hamburg, als das BKA das Zeugenschutzprogramm schon als gescheitert bezeichnet hatte, als Hausmann von einem Autofahrer mit seinem alten Vornamen angesprochen wurde."

„Und, was ist daraufhin passiert?", entgegnete Moulin, „nichts! Hausmann war sich nicht sicher, er war damals abgelenkt gewesen durch eine Frau, die ihn an seine frühere Lebensgefährtin erinnert hatte. Als daraufhin die Möglichkeit in Betracht gezogen wurde, dass er sich ganz einfach aufgrund dieser Begegnung, zumindest für einen Moment, in seine alte Identität zurückversetzt sah, wurde beschlossen, erst einmal abzuwarten. Es war durchaus möglich, dass er sich einfach verhört hatte."

„Auf Wiedersehen, Frau Schwartz. Oder, sagen wir besser Adieu."

Regina schüttelte noch lange die Hand ihres Therapeuten, der sie über die Haftzeit in dem berüchtigten Frauengefängnis in Marseille bis hin zum offenen Vollzug begleitet hatte. Sie war für einen Moment versucht, Monsieur Richard, diesen Mann, der sie aus einem der tiefsten Punkte ihres Lebens herausgeholt hatte, zu umarmen.

Sie hatte ihren Lebensgefährten erstochen, das hatte sie lange Zeit nicht begriffen, besser, nicht begreifen wollen. Doch nach und nach war ihr klar geworden, warum ihr Gedächtnis sie im Stich gelassen hatte. Warum ihre Tat für sie quasi nicht existierte, so wie der ganze verhängnisvolle

Tag, an den sie sich auch nach all den Therapiesitzungen nur lückenhaft erinnerte.

Regina wusste, wenn sie sich ihrer Vergangenheit nicht stellte, nicht hinterfragte, warum es überhaupt soweit kommen konnte, solange hatte sie keine Chance auf ein normales Leben. Der Schlüssel lag in ihrer Kindheit und in ihrer und Ralfs Vergangenheit, dieser Mann, der sie so über alle Maßen benutzt und instrumentalisiert hatte.

Sie hatte sich entschieden, sie wollte Frankreich hinter sich lassen und zurück nach Deutschland. Zwar waren die Zeiten, in denen sie dort gelebt hatte, auch nicht gerade rosig gewesen, aber das, was während ihrer langen Urlaubsreisen vorgefallen war, wollte sie unbedingt hinter sich lassen. Ein wenig Normalität wäre für den Anfang nicht schlecht. Eine kleine Wohnung irgendwo, vielleicht eine Arbeit, so etwas wie ein Bekanntenkreis, der in den letzten Jahren gar nicht existiert hatte. Und, ganz wichtig, ein Therapeut, zu dem sie ein ähnliches Vertrauensverhältnis aufbauen konnte wie zu Monsieur Richard, der ihren Neustart überhaupt erst möglich gemacht hatte.

Sie hatte auch schon eine Empfehlung, ihr Therapeut hatte eine ehemalige Kommilitonin vorgeschlagen und auch schon kontaktiert. Also sollte es wahrscheinlich so sein. Ihr nächster Lebensmittelpunkt war der Raum Göttingen.

„Sind Sie sicher?"

Professor Schramm schaute seinen Assistenzarzt streng an.

„Ja, leider", antwortete dieser, „unsere Vorgehensweise mit der vorbeugenden Quarantäne war also nicht überzogen.

Obwohl die Symptome ja auch alles Mögliche hätten bedeuten können. Aber nachdem die Hautveränderungen in der Leistengegend und der Achselhöhle begonnen hatten, konnten wir in einer Gewebeprobe den Erreger Yersinia pestis isolieren."

„Nun gut", sagte Professor Schramm stirnrunzelnd, „wir müssen umgehend die Behörden informieren und uns auf weitere Fälle einstellen. Die schwarze Pest, eigentlich ist das sehr ungewöhnlich, die ist doch schon lange nicht mehr in Deutschland aufgetreten. Jetzt heißt es, keine Zeit zu verlieren."

Der Abschied von ihrem Campingmobil war Regina nicht schwergefallen. Ihr Therapeut hatte ihr einen Mechaniker besorgt, der den Wagen nach der langen Standzeit wieder flottgemacht hatte. Als sie ein letztes Mal eingestiegen war, hatte sie doch noch kurz überlegt, ob sie ihn vielleicht behalten sollte. Sie hatte ja in Deutschland keine Bleibe. Dann begann jedoch der Wasserhahn an der Spüle zu tropfen, und alles war wieder da. Ralf, ihr Lebensgefährte, den sie im Affekt erstochen hatte, und der diesen Hahn schon lange hatte reparieren wollen.

Heute war ihr klar, warum er es nicht getan hatte. Regina bekam Gänsehaut. Vor allem aber ärgerte sie, wie blind sie bei allem, was Ralf betraf, gewesen war. Vielleicht hatte sie damals aber auch einfach blind sein wollen.

Doch langsam kam ihr Selbstvertrauen zurück und damit auch die bittere Erkenntnis, dass sie schamlos ausgenutzt worden war. Sie blickte sich noch ein letztes Mal um, stieg aus und schloss die Tür des Campers wie ein Kapitel ihres Lebens.

Sie ging ins Büro der Werkstatt und holte sich den Schlüssel ihres neuen Kleinwagens, gegen den sie das alte Campingmobil eingetauscht hatte. Sie startete den Motor und sah noch ein letztes Mal zurück. Vor ihr lagen tausendzweihundert Kilometer. Auf einmal hatte sie es sehr eilig, die Côte d'azur zu verlassen. Der Sehnsuchtsort vieler Menschen war für sie zum Alptraum geworden. Sie legte den Gang ein und fuhr los.

Regina schaute noch einmal auf die Adresse, die sie erhalten hatte, keine Ahnung, wo sie hier war. Nach dem letzten Dorf, durch das sie gefahren war, wähnte sie sich eher in Österreich auf einer Alm und nicht in Südniedersachsen. Die Landschaft wurde plötzlich schroffer, hügeliger, aber auch erheblich schöner als die durch intensive Landwirtschaft geprägte Kulturlandschaft, die sie auf ihrer langen Fahrt durchquert hatte. Auch ihre Heimatstadt Eisleben hatte in direkter Umgebung nichts Vergleichbares zu bieten.

Die Straße wurde nun immer schaler und rechter Hand bäumte sich ein Hügel derart auf, als wolle er den Eingang zum dahinterliegenden Tal kontrollieren und alle ungebetenen Gäste von diesem Flecken Erde fernhalten. Ein kleiner Bach plätscherte gemütlich auf der anderen Seite der Straße durch eine große Weidewiese, bevor er sich den Blicken in einem hügeligen Wald mit knorrigen alten Bäumen entzog. Hier musste es sein.

Es folgte noch eine enge Kurve und danach kamen eine alte Feldsteinscheune und ein großes Fachwerkhaus ins Blickfeld. „Brunhagen", Regina hätte in diesem Moment keinen besseren Namen für diesen Ort ersinnen können, der sich hier vor ihr auftat.

Mechthild, ihre Therapeutin, hatte ihr diesen Hof empfohlen und auch schon mit der Besitzerin geredet. Pferdewirte wurden immer gesucht, und eine Unterkunft gab es auch. Mechthild hatte dort ihr Pferd zur Pension untergebracht. Überhaupt schien dieser idyllische Ort sehr beliebt bei hippen jungen Stadtmenschen zu sein, die mit ihren großen Limousinen und Geländewagen an diesem frühen Nachmittag schon zahlreich anwesend waren, um ihre Pferde auf dem Reitplatz oder in der Halle zu longieren oder in der waldigen Umgebung auszureiten.

Regina kannte diese Blicke zur Genüge. „Nicht schon wieder", war der erste Gedanke, der ihr durch den Kopf schoss. Die Gespräche hatten schlagartig aufgehört, als sie ihre Autotür schloss, und die Blicke erschienen, vielleicht wegen dieser abrupten Stille, noch intensiver.

Regina versuchte, ihre Unsicherheit wegzulächeln und ging auf die Frau zu, die sie am geringschätzigsten anschaute. Klar wusste sie, dass sie immer noch gut aussah, aber nach der langen Haft war ihr Selbstbewusstsein, was solche Dinge betraf, noch ziemlich am Boden. Die graue Maus, die sie in den letzten Jahren mit ihrer Anstaltskleidung gewesen war, war sie zwar heute nicht mehr, doch ihr Outfit schien eindeutig nicht mehr auf dem neuesten Stand zu sein. Regina merkte, wie ihr warm wurde, und stellte unsicher ihre Frage.

„Entschuldigen Sie, können Sie mir vielleicht sagen, wo ich hier die Chefin finde?"

„Natürlich", antwortete ihr selbstbewusstes Gegenüber wie selbstverständlich auf Französisch, nachdem sie nochmals auf das Nummernschild geblickt hatte.

„Da vorne im Haupthaus, klingeln Sie im Büro."

Regina bedankte sich und ging in Richtung des großen Fachwerkhauses, die Frauen vertieften sich wieder in ihr Gespräch, und sie vernahm, während sie sich entfernte, noch ein paar Sätze.

„Was hast du da gesagt, Renate? Dein Mann hat einen Pestfall im Klinikum? Unglaublich!"

Simond stand vor dem Spiegel in der Diele seiner kleinen Wohnung und begutachtete seine Rasur, nachdem er sein Jackett angezogen hatte. Er hatte sich bewusst dafür entschieden, sein Leben zu ändern, was also nicht zuletzt dazu geführt hatte, dass er sesshaft geworden war. Sein alter Camper, der bei dem Anschlag auf ihn abgebrannt war, genau wie seine langen Haare, deren verkohlter Geruch ihm in letzter Sekunde das Leben gerettet hatte, das alles hatte seine kolossale Typveränderung bewirkt. Den Rastafari mit langem Bart und ziemlich in die Jahre gekommenen Wohnmobil gab es nicht mehr.

Das Ergebnis seiner Veränderung war einer der besten Kriminalanalytiker bei Europol, der zusammen mit seinen Kollegen schon einige spektakuläre Fälle gelöst hatte.

Doch die Nachbearbeitung des letzten Falles bereitete ihm zunehmend Kopfschmerzen. Klar war, dass nach dem Ende der DDR einige der Eliten dieses Unrechtsstaates schnell wieder in Lohn und Brot gefunden hatten. Gerade die Staatssicherheit war einer der besten, wenn nicht gar **der** beste Geheimdienst der Welt gewesen. Das hatte natürlich Begehrlichkeiten bei anderen Diensten geweckt, die einige der arbeitslos gewordenen Spezialisten rekrutiert hatten.

Doch was er und seine Kollegen im Rahmen der „Aranea"-Ermittlungen herausfanden, da taten sich Abgründe auf. Vor allem diese menschenverachtenden, perfiden Methoden brachten Simond immer wieder ins Grübeln. Diese Menschen waren zu allem bereit gewesen, um ihre Macht zu erhalten, viele der Mittel erinnerten an die dunkelste Zeit der deutschen Geschichte, an Nazideutschland.

Simond hatte einen generalstabsmäßigen Plan entdeckt, mit dem die Staatssicherheit im Falle einer Rebellion tausende Menschen hatte internieren wollen. Aber warum hatten sie diese Pläne nach der Wende aufgehoben und sogar angefangen, diese zu digitalisieren? Das machte wenig Sinn.

Andererseits hatte man damals das gesamte Staatsgebiet der DDR nach möglichen Verstecken durchsucht, dieses Wissen war auch heute noch Gold wert. Viele dieser Schlupfwinkel befanden sich in der Nähe alter Burganlagen, die man innerhalb kürzester Zeit zu hochgesicherten Lagern hätte umfunktionieren können. Aber ausgerechnet die Unterlagen über die gefundenen Verstecke um diese Burganlagen herum waren kreuzgeschreddert worden. Das ergab auch keinen Sinn.

Doch je länger Simond sich mit dieser Organisation beschäftigte, umso klarer war ihm, dass nichts zufällig geschah. Dass diese Akten verschwunden waren, hatte etwas zu bedeuten, auch wenn er den Grund dafür noch nicht kannte.

Simond blickte auf die Uhr. Er nahm seinen Autoschlüssel, der unter dem Spiegel auf dem Schuhschrank lag, und hatte es auf einmal eilig. Er hatte sich mit Moulin zum Frühstück verabredet, und eines wusste er nach all den Jahren der Zusammenarbeit genau. Moulin hasste Unpünktlichkeit.

Er hatte gerade den Wagen gestartet, als sein Handy klingelte. „Moulin" stand auf dem Display. Er stellte den Motor wieder ab und nahm das Gespräch an.

„Okay", sagte er nach einer Weile, „Teamsitzung um neun Uhr, alles klar. Das Frühstück müssen wir verschieben. Die Pest, sagst du? Die ist doch schon lange ausgerottet. Seltsam."

Simond saß noch eine ganze Weile da und überlegte, bevor er den Wagen erneut startete.

Regina hatte endlich einen Parkplatz gefunden. Das Gymnasium, welches vis a vis dem Haus lag, in dem sich die Praxis ihrer Therapeutin befand, hatte gerade Unterrichtsschluss. Eine Handvoll der Schüler machte sich mit dem Fahrrad auf den Nachhauseweg, der große Rest wurde von den Eltern mit dem Auto abgeholt, welche ziemlich ignorant die Parkplätze, in zweiter Reihe haltend, blockierten. Chaos, was den Verkehr betraf, war sie auch aus Frankreich zur Genüge gewöhnt, aber nicht diesen Grad an Sturheit und Rücksichtslosigkeit. „Vielleicht sollte ich das nächste Mal etwas eher losfahren", ging es ihr durch den Kopf, als sie endlich einen Parkschein zog.

Regina war aufgeregt, heute hatte sie ihre erste Sitzung. Die Arbeit auf dem Reiterhof machte ihr Spaß, zumindest der Umgang mit den Tieren. Der Rest, diese hochnäsigen Reiterinnen, nun gut, das gehörte wohl dazu.

Sie hatte sich angewöhnt, nach der Arbeit meist noch einen Spaziergang zu unternehmen. Der angrenzende Wald lud regelrecht dazu ein. Sie genoss die Einsamkeit und die Ruhe, die sie während ihrer Haft so vermisst hatte. Manchmal stand sie nachts ganz einfach auf, ging vor die Tür, um den Sternenhimmel zu betrachten oder die Fledermäuse, die unweit in einer alten Feldsteinscheune wohnten und nachts bei den Pferdeställen auf Beuteflug gingen. Was für ein friedlicher Ort. In Vollmondnächten konnte man auch die Überreste der alten Burganlage erkennen, die sich unter einem alten Buchenwald versteckte, und nur im Winter, wenn die Bäume kein Laub trugen, vermochte man die Umrisse der gesamten Anlage nebst zuführender Hohlwege zu erahnen, die sich durch Erhebungen im Boden abzeichneten. Regina hatte eines Nachts angefangen, eine Skizze von diesem mystischen Ort anzufertigen, und in ihren Gedanken versetzte sie sich in längst vergangene Tage, als sie das Bild nach und nach fertigstellte.

Doch nun musste sie erst einmal ihre Auflagen nach der Haftentlassung erfüllen und sich um ihre Therapie kümmern. Das Haus, welches genau an einer Kreuzung lag, machte einen gepflegten Eindruck, bis auf ein paar Graffiti, die auf die Mauer gesprüht waren, die das Grundstück umgrenzten. Diese fragwürdigen Verschönerungen waren in Frankreich auch sehr verbreitet, doch hier schienen sie sich nur auf einzelne Häuser oder Garagentore zu konzentrieren.

Regina schaute auf die Namensschilder der Klingeln und drückte den Knopf der Praxis. Als der Türsummer ertönte bemerkte sie, wie ihre Hand zitterte, als sie nach dem Türknauf griff.

Die Luft war abgestanden, wie in den meisten Empfangsräumen, doch hier kam noch die Stille dazu, die Regina auf erdrückende Weise ankündigte, sich hier nicht in einer normalen Praxis, wie beispielsweise beim Hausarzt, zu befinden. Dort waren es meist ältere Menschen, die es zu einer Art Lebenselixier gemacht hatten, sich über ihre Krankheiten auszutauschen, und das ohne Rücksicht darauf zu nehmen, ob dies die übrigen Anwesenden auch nur ansatzweise interessierte.

Aber Regina konnte auch nicht feststellen, dass die Gespräche der Wartenden durch ihr Erscheinen irgendwie abrupt aufgehört hätten. Die Stille hier war anders.

Eine junge Frau saß gegenüber dem Eingang und hatte die Fersen ihrer Füße mit auf ihren Stuhl gestellt und ihre Hände sichernd um die Beine gelegt. Sie wippte mit ihrem Kopf auf eine monotone Art, so dass Regina die Idee, dass der Rhythmus der Musik, die vermutlich aus den übergroßen Kopfhörern, die sich auf ihrem Kopf befanden, der Ursprung dafür sein konnte, gleich wieder verwarf. Zusätzlich brachte die junge Frau noch mit einer Mütze unter ihrer Kapuze und dunkler Brille zum Ausdruck, dass sie keinen Wert auf Kontakt zur Umwelt legte.

Ihr gegenüber saß ein älterer Mann, der aussah, als hätte er im Leben schon so einiges mitgemacht. Seine schwarze Kleidung machte zwar einen gepflegten Eindruck, war aber mit szenetypischen Details geschmückt. Die Ärmel und der Rücken seiner Lederjacke waren über und über mit Aufnähern von Rockbands aus den Siebzigern und Achtzigern gespickt, der vordere Teil mit Anstecknadeln, zwischen denen sich teilweise silberne Ketten befanden. Die Cowboystiefel, die lederne Schnürjeans und auch die Jacke waren zusätzlich mit Nieten verziert. Sein Gesicht war von tiefen Furchen durchzogen, die Haare streng nach hinten gekämmt und ließen freie Sicht auf seine Ohren, die mit dem Tragen von mehreren Ohrringen schon an ihre Belastungsgrenze gerieten und aufgrund der Schwerkraft die Ohrläppchen auf ein unnatürliches Maß gelängt hatten. Auf seiner Wange war eine tätowierte Träne zu erkennen, aber auch die Hände waren mit unvollendeten und unansehnlichen Tattoos übersät, die auch durch die Totenkopf Fingerringe nicht an Seriosität gewannen. Dieser Mann hatte einige Zeit seines Lebens im Gefängnis verbracht, da war sich Regina sicher.

Sie hatte das Gefühl, dass dieser Mann sie gar nicht wahrnahm. Er war zu sehr damit beschäftigt, die Knie, welche durch die zerrissenen Jeans der jungen Frau ihm gegenüber zum Vorschein kamen, anzustarren.

Nun gut, dachte sich Regina, Augen zu und durch. Sie schaute verlegen auf ihre Uhr. Gut, dass sie gleich dran sein müsste.

Plötzlich drehte sich der Mann um und sah Regina an.

„Heh, was geht", sagte er mit sonorer Stimme und wischte sich ausgiebig mit dem Daumen über sein rechtes Auge.

„Ich bin Johann, für meine Freunde Johnny", und streckte Regina die Hand entgegen, nachdem er den Schlafsand, den er aus dem Auge gewischt hatte, sorgsam begutachtet und an die Hose geschmiert hatte.

Regina zögerte eine Weile und erwiderte dann unwillig den Gruß: „Regina", sagte sie leise.

Die ganze Situation war ihr äußerst unangenehm.

„Kriegste auch Pola?", fragte Johnny, und schaute sie von oben bis unten an, „ich kriege neun Meter, geht, oder? Früher musste ich mir den Scheiß immer besorgen, klarmachen, verstehste? Heute krieg ich das auf Rezept. Das ist schon geil. War hart in der Szene unterwegs, würde ich heute gar nicht mehr schaffen, guck mich doch an, oder? Könnte mich nicht mehr grade machen. Krieg meine Sozirente, mein Stoff und mache so kleine Geschäfte nebenher, verstehste? Alles legal, nich so wie früher. Und bei der Alten hier muss ich mich melden, einmal die Woche, geht, na, oder? Die ist korrekt, geht", Johnny zeigte auf die Eingangstür und nickt mit dem Kopf. Plötzlich bekam er einen Hustenanfall, holte sein zerknittertes Stofftaschentuch aus der Hose, um seinen Auswurf darin zu entsorgen und zuvor natürlich ausführlich zu begutachten.

Regina war einfach nur froh, als eine Tür geöffnet wurde und eine Frau erschien, die ihren Namen aufrief.

„Bis zum nächsten Mal, Süße", rief ihr Johnny mit einem süffisanten Blick hinterher, um sofort danach wieder zu der jungen Frau, die ihm gegenübersaß, zu gaffen.

„Ça va, Moulin?", Simond setzte sich nach dem Begrüßungsritual neben seinen Kollegen an den ovalen Tisch im Konferenzraum. Er nahm einen großen Schluck aus der Kaffeetasse, die er sich, bevor er Platz nahm, noch an dem aufgestellten Buffet eingeschenkt hatte.

„Sieht nach was Größerem aus, Moulin", er deutete noch zur Unterstützung seiner Ahnung auf das Frühstücksbuffet.

„Das ist eigentlich nicht normal. Oder wussten die, dass wir Frühstücken gehen wollten?"

„Ja, klar", antwortete Moulin schmunzelnd, „das wird der Grund sein."

Er nahm einen Bissen von seinem Croissant, das er zuvor in seinen Kaffee getunkt hatte.

Nach und nach trudelten immer mehr Kollegen ein, der Raum füllte sich. Simond konnte auf Anhieb einzelne Kollegen drei Abteilungen zuordnen, der Abteilungsleiter Terrorismus, Grundler, war ebenfalls eingetroffen. Dieser hielt noch hektisch zwei kurze Unterhaltungen, um sich danach an das Pult zu stellen, an dem ein Kollege von der Technik zuvor schon einen Laptop mit dem Beamer im Raum verbunden hatte und noch kurz die passende Datei öffnete.

Grundler überflog nochmals konzentriert sein Referat und klopfte dann mit seinem Schlüsselbund auf das Rednerpult.

Langsam wurde es ruhig im Raum und die restlichen Anwesenden setzten sich.

„Danke", begann Grundler, „Kolleginnen und Kollegen, dass Sie es so schnell möglich gemacht haben, hier zu erscheinen. Ich weiß, dass die meisten von Ihnen bis über beide Ohren in Arbeit stecken. Aber das, worum es hier geht, macht es notwendig, dass wir uns sofort damit beschäftigen."

Er betätigte die Maus und startete den Beamer. In großen Buchstaben stand „Pest" auf der Leinwand, und schlagartig hörte auch das letzte Getuschel auf.

„So, meine Damen und Herren", begann Grundler konzentriert, „ich hätte nie gedacht, dass ich im Laufe meiner Karriere einmal über dieses Thema referieren würde."

Er unterstrich mit seinem Laserpointer die übergroße Überschrift.

„Ich gehe davon aus, dass jeder schon mal etwas von dieser Krankheit gehört hat. Die Geißel der Menschheit, die über Jahrhunderte hinweg Millionen von Menschen getötet hat. Allein in Europa wurde durch sie zwischen dem dreizehnten und dem sechzehnten Jahrhundert die Bevölkerung um schätzungsweise ein Drittel dezimiert. Damit Sie aber doch einen komplexen Überblick über die Seuche erhalten, habe ich da mal was vorbereitet und als Skript ausdrucken lassen, so dass Sie sich nachher ein Exemplar mitnehmen können.

Nun, wir sitzen hier zusammen, weil in Deutschland, genauer in Göttingen, ein Fall der Pest aufgetreten ist. Einige Erreger sind in Hochsicherheitslaboren in den USA und Russland künstlich hergestellt worden, und zwar in einer antibiotikaresistenten Form. So ist es nur zwingend, dass wir uns bei Europol gründlich mit diesem Fall beschäftigen müssen. Meine Abteilung Terrorismus kommt auf den Plan, da in den Wirren der Wende in der damaligen Sowjetunion einiges an nuklearem, biologischem sowie chemischem Waffenmaterial verschwunden ist. Wir reden bei den biologischen Waffen auch über Pesterreger, und, nicht zu vergessen, Pocken. Wir haben noch keine

Hinweise befreundeter Geheimdienste über mögliche Verdachtsszenarien, woher die Pesterreger kommen könnten. Einzig ein vager Zusammenhang zu einem Fall in den Achtzigern könnte sich als mögliche Spur erweisen. Damals wurde in Brunhagen in der Nähe von Göttingen eine alte Frau tot aufgefunden. Sie lag dort im Wald in der Nähe einer alten, zerstörten Burganlage und wurde erst nach mehreren Tagen durch spielende Kinder entdeckt. Es handelte sich bei ihr um eine pensionierte Archäologin, die früher an der Universität in Göttingen tätig gewesen war. Sie war aus einem Altersheim verschwunden und nach Aussage der Mitbewohner schon öfter in der alten Burgruine unterwegs. Sie sei begeistert gewesen von den Dingen, die sie dort herausgefunden hatte. Vor allem hatte sie die Bedeutung hervorgehoben, die dieser Ort im Mittelalter innehatte. Bei dieser Burg sollte es sich um einen ehemaligen Bischofssitz handeln, der im Verbund mit anderen Burgen und einem Netz aus Wachtürmen sowie Niederburgen, norddeutsch Güntgenburgen, eine gigantische Anlage darstellte.

Anfangs sah es nach einer natürlichen Todesursache aus, da die Frau angeblich verwirrt gewesen sei, von sensationellen Gängen und Höhlen geredet hatte, die sie entdeckt hätte. Erst nach einer routinemäßigen Obduktion fand man heraus, dass sie an der Pest gestorben war, da die untypischen inneren Blutungen nicht zu erklären waren. Die Veränderungen auf der Haut, genauer im Bereich der Achseln und Leiste, waren, durch fortgeschrittene Verwesung und Tierfraß, anfangs übersehen worden.

Diesen Vorfall hatte man damals geheim halten können, was ich bei dem neuen Fall in Göttingen für nahezu unmöglich halte.

Nun zu den möglichen Parallelen, die auch Zufall sein könnten. Bei dem infizierten Mann handelt es sich um einen Frührentner, der Hobbyarchäologe war und sich die letzten Wochen, laut Aussage seiner Frau, mit Grabungen an der Burg Plesse in der Nähe Göttingens beschäftigt habe. Sie gab an, er habe irgendwelche verschütteten Gänge entdeckt.

Das Interessante ist, dass diese Burg zu dem vorher beschriebenen Verbund gehörte, und beide Anlagen befinden sich im ehemaligen Zonenrandgebiet, das heißt, nahe der ehemaligen Grenze zwischen BRD und DDR. Im kalten Krieg wäre dieses Gebiet das erste gewesen, wo sich im Falle eines Angriffes die ersten Szenarien der ABC-Kriegsführung mit voller Wucht abgespielt hätten.

Soviel zur vorläufigen Arbeitsthese. Ich würde vorschlagen", fuhr Grundler fort, „dass unter der Leitung der Kollegen Simond und Moulin, die noch im Rahmen der Aufbereitung des letzten Falles ‚Aranea' dabei sind, Staatssicherheitsunterlagen zu sichten, nun auch nach Hinweisen auf Anschlagsszenarien mit Pesterregern zu suchen, und!", Grundler machte eine längere Pause, bis das störende Murmeln im Raum verstummt war, „und vor allem nach Hinweisen, wenn es denn solche Szenarien gab, was daraus in den Wirren der Wende geworden ist."

Simond schaute Moulin fragend an. Dieser sah nach den Ausführungen Grundlers auch nicht zufrieden aus. Hatten sie doch die letzten Monate ausschließlich mit diesen Akten und deren Auswertung zugebracht, eine Aufgabe,

17

die an Stupidität kaum zu übertreffen war. Aber eigentlich standen sie mit dem Abschluss einzelner, besonders sorgsam geschredderter Papierakten kurz vor dem Ende. Die ganze Angelegenheit noch einmal von vorn zu beginnen?

Simond ließ unabsichtlich einen deutlich hörbaren Seufzer los, was Grundler veranlasste, mit gerunzelter Stirn nochmals in seine Richtung zu blicken.

„Ich weiß, Kollegen, das sind nicht die Arbeiten, weswegen Sie zu Europol geholt wurden. Doch Ihre Erfolge sprechen für Sie. Niemand hat so viel Erfahrung mit diesem Geheimdienst wie Sie. Und, glauben Sie mir eins, die Zeit drängt. Wenn noch ein Fall der Pest auftritt, wird es eng. Dann können wir voraussichtlich eine Panik nicht verhindern."

„Okay", sagte Simond nickend, was Grundler sogleich als Zustimmung wertete und seine Gesichtszüge veranlasste, sich sichtbar zu entspannen, „es geht also um Burgen im ehemaligen Zonenrandgebiet", wiederholte er. „Da war schon was, aber jetzt nicht in diesem Zusammenhang. Eher waren dort Internierungslager für politisch Andersdenkende geplant, und vor allem war das in Burgen im ehemaligen Ostdeutschland. Gut, wir nehmen uns das Ganze nochmal vor", Simond und Moulin nickten sich zu.

„Super", Grundler war sichtlich erleichtert, „ich habe gewusst, dass ich mich auf Sie verlassen kann. Sie sagen mir bitte noch, wen Sie mit in ihrem Team haben wollen. Das reicht in den nächsten Tagen. Wie ich hörte, steht Ihr letzter Fall ja kurz vor dem Abschluss."

„Schau mal, Moulin."

Simond legte die Blätter zur Seite, die das Team, welches die kreuzgeschredderten Stasiakten wiederherstellte, nach den neuen Suchkriterien nochmals durchgearbeitet und markiert hatte. Er hatte diese Akten bereits mehrfach gelesen.

Sämtliche Burgen entlang des Eisernen Vorhangs, auf die man in den Akten gestoßen war, waren mit „Augustus" gekennzeichnet. Zwar waren auch Burgen an der Grenze zur Tschechischen Republik aufgeführt, allerdings fehlte bei denen dieser zusätzliche Vermerk.

Simond hatte sich nochmals mit den Aufzeichnungen zu Augustusburg beschäftigt, vielleicht fand er da den Zusammenhang, warum die Burgen im Zielgebiet mit „Augustus" markiert waren. Doch vorerst war er an diesem Vermerk hängengeblieben, „Kommandoaktion Blaues Band". Zuständig dafür war ein Genosse Oberst E. Lehmann gewesen.

Simond tippte mit dem Finger auf den Namen, als er Moulin das Blatt über den Schreibtisch schob.

„Meinst du, das kann ein Zufall sein?"

„Hey, Süße!"

Nein, nicht schon wieder, dachte sich Regina, als sie den Warteraum ihrer Psychologin betrat. Johnny hatte sich eine Maske aufgesetzt, eine schwarze Augenabdeckung mit Sehschlitzen, die er durch einen langen, schwarzen Schnabel ergänzt hatte, der seine Nase abdeckte.

„Geht, oder?", Johnny lachte laut, was jedoch durch einen schweren Hustenanfall jäh unterbrochen wurde. Er riss sich die Maske vom Gesicht und holte hektisch sein zerknittertes Taschentuch aus der Hosentasche, um den Auswurf darin zu entsorgen. Als er sich diesen gerade anschauen wollte, kam schon der nächste Anfall.

„Scheiße", ging es Regina durch den Kopf, als sie registrierte, dass sie die Einzigen im Warteraum waren, „hoffentlich erstickt der jetzt nicht."

Sie klopfte an die Tür zum Behandlungsraum und wartete ab. Niemand öffnete, kein Laut war zu hören. War dort unten nicht eine Arztpraxis, ein Psychiater oder so? Sie überlegte angestrengt und ging zum Fenster, ohne wirklich zu wissen, was sie dort wollte. Vielleicht aufmachen und um Hilfe schreien, falls sich dieser Johnny nicht wieder erholte. Sie blickte sich nochmals um.

Johnny war blau angelaufen und röchelte wie eine kaputte Orgelpfeife. Regina kam ihm instinktiv zu Hilfe, obwohl sie ihn in diesem Moment als noch unangenehmer empfand. Sie klopfte ihm auf den Rücken, während sie versuchte, genügend Abstand zu lassen, und ballte deswegen die Fäuste, um trotzdem effizient zu sein.

Johnny schaute sie fragend an. Vielleicht hatten die Schläge ja ihre Wirkung, oder der Hustenanfall hatte von allein aufgehört. Seine Augen wurden immer größer.

„Hey, Süße, jetzt kannste aber wieder aufhören, auf den Rücken, da stehe ich nicht so drauf."

Er grinste, als wäre nichts gewesen, und zwinkerte Regina zu.

„Süße, wenn du willst, ich mache Business in getragenen Höschen, kannst ja mit einsteigen, Süße."

Regina hatte das Gefühl, dass ihr die Luft wegblieb. Sie ging zum Fenster und öffnete es so schnell sie konnte. Sie schloss für einen Moment die Augen und atmete tief durch. Das kann doch alles nicht wahr sein, ging es ihr durch den Kopf.

Für einen Moment war sie in Versuchung, einfach zu gehen. Eine ausgelassene Therapiestunde würde schon keine Konsequenzen haben, und das nächste Mal konnte man ja den Termin so legen, dass dieser fürchterliche Mensch nicht da war.

Regina öffnete die Augen.

„Süße, mach doch das Fenster zu, oder willste, dass ich mich erkälte? Dann musst du mich aber pflegen!", Johnny lachte süffisant.

Sie hatte sich die passende Antwort gerade zurechtgelegt, als aus der unteren Etage ein älterer Mann auf die Straße trat. Er hatte einen beträchtlichen Bauchumfang, ansonsten aber eine recht athletische Figur. Er trug einen halblangen Haarschnitt und einen langen Vollbart. Irgendwie hatte Regina den Eindruck, dass sie ihn schon einmal gesehen hatte, nicht zuletzt wegen der Art, wie er sich bewegte.

Der Mann schaute sich mehrfach um, als legte er keinen Wert darauf, gesehen zu werden. Regina wollte das Fenster schließen, was dieses mit einem laut knarzenden Geräusch widerspenstig über sich ergehen ließ.

Plötzlich blickte der Mann zum Fenster hoch. Regina lief ein eiskalter Schauer den Rücken herunter. Diese Augen, in die sie blickte, würde sie ihr Leben lang nicht vergessen. Das war Erich!

Sie war sich nicht sicher, ob er sie ebenfalls erkannt hatte. Der Mann ging schnellen Schrittes über die Straße, stieg in einen alten braunen Kombi und fuhr davon.

Regina hatte einen kaum zu kontrollierenden Drang, den Raum zu verlassen. Sie schaute nochmals zu Johnny, der wieder dasaß, als wäre nichts passiert. Er hatte seine Maske wieder aufgesetzt, grinste in seiner ihm eigenen unangenehmen Art, und fing an zu singen: „Dreht euch nicht um, die Pest geht rum."

Regina war schon auf dem Weg zur Ausgangstür, um die Praxis zu verlassen, als sich die Tür öffnete, an der sie vorhin vergeblich geklopft hatte, und ihr Name aufgerufen wurde.

Regina hatte beschlossen, noch eine größere Runde durch das Umland zurück nach Brunhagen zu fahren. Sie wollte den Kopf freibekommen, zu anstrengend waren die Themen gewesen, die sie heute mit ihrer Therapeutin bearbeitet hatte. Sie bewegten sich immer mehr in Richtung der „schwarzen Löcher", wie sie ihre Gedächtnislücken mittlerweile scherzhaft selbst nannte. Nicht zuletzt waren die Übereinstimmungen zu denen im Universum so zutreffend, dass sich dieser Vergleich ganz einfach aufdrängte. Niemand wusste, was sich in den schwarzen Löchern des Universums befand. Genauso wenig wusste Regina über die Lücke in ihrem Kopf Bescheid und umso schmerzhafter war jede Kleinigkeit, die ihr so nach und nach wieder einfiel.

Regina hasste diese Auflage, Therapie zu machen, in diesen Momenten, wenn ihre Therapeutin in diesen Löchern bohrte und Details zum Vorschein kamen, die ihr Gedächtnis erfolgreich verdrängt hatte.

Und als ob das nicht alles schon reichte, tauchte nun auch noch Erich auf. Was wollte der in Göttingen, und dann noch bei einem Psychiater? Einer Frau Doktor mit dem gleichen Namen wie ihre Therapeutin? Vielleicht war ja alles nur ein seltsamer Zufall.

Regina hatte, nachdem sie aus Göttingen herausgefahren war, den Turm einer Burg gesehen und nun stand auch noch ein Hinweisschild vor der Einfahrt zum nächsten Ort. Nun gut, sie beschloss, dorthin zu fahren, um sich die Gegend etwas anzuschauen. Ein Spaziergang würde bestimmt helfen, den Kopf freizubekommen.

Die Burg Plesse ragte majestätisch über die Hügelkette, welche die Leine einst in ihrer Flussrichtung begrenzte, beziehungsweise durch die diese Hügellandschaft überhaupt erst entstanden war. Es war schon ein schöner Fleck, in den es sie verschlagen hatte. Vor allem war alles so grün.

In Südfrankreich war das zwar auch der Fall, meist schon so zeitig im Frühjahr, wenn sich hier in der Gegend die letzten Schneereste gerade zurückzogen und den Platz freimachten für die ersten zaghaften Triebe. Aber die Sonne konnte auch ein Fluch sein. Letzten Sommer hatten sich fast in der gesamten Provence durch die Gluthitze die Blätter braun gefärbt, und durch den über Monate ausgebliebenen Regen waren viele Bäume abgestorben.

Regina fühlte schon so etwas wie Entspannung, als sie eine Weile die kleine Nebenstrecke gefahren war, aber kurz bevor sie die schmale Serpentinenstrecke hinauf zur Burg erreichte, wurde sie durch dieses Schild aus ihren Gedanken gerissen.

„Sperrgebiet, der Zugang zur Burg Plesse ist gesperrt."

23

Sie rollte langsam an dem Abzweig vorbei. Auf der recht breiten Kreuzung waren zwei große LKW vom Technischen Hilfswerk abgestellt, die ein Durchkommen von vornherein unmöglich machen würden. Die einzig verbliebene Möglichkeit der Durchfahrt war durch ein Polizeiauto abgesichert. Was für ein Aufwand. Hinter der Barriere sah sie Menschen in weißen Schutzanzügen, die ersten hatten schon ihre Atemschutzmasken aufgesetzt.

Regina wurde durch ein Ruckeln aufgeschreckt. Sie hatte gar nicht gemerkt, dass sie immer weitergerollt war und mit dem rechten Vorderrad bereits die befestigte Straße verlassen hatte. „Nur gut", dachte sie sich, „dass der Seitenstreifen nicht so tief ausgefahren ist", und beschloss, weiterzufahren. Die ersten Polizisten schauten schon argwöhnisch zu ihr herüber. Das konnte sie nun am allerwenigsten gebrauchen. Von Polizei und derartigen Behörden hatte sie auf sehr lange Zeit die Nase voll. Obwohl, wenn sie es recht überlegte, waren die ja gar nicht für ihr Schicksal verantwortlich.

Mit diesem Gedanken, der noch lange in ihrem Kopf blieb, setzte sie die Fahrt fort.

Simond klappte den Aktendeckel zu und fuhr seinen Computer herunter. Das dauerte eine Weile, da die Unmengen an Daten das Gerät schon sehr langsam gemacht hatten. Eigentlich war heute der letzte Tag gekommen, „Aranea" war abgeschlossen.

Doch der Tod von Bernd Hausmann?

Die Mordkommission in Hamburg kam nicht richtig voran, einerseits erschwerte die neue Identität von Hausmann die

Ermittlungen. Das ständige Hin-und-Her-Switchen zwischen der Zeit vor dem Zeugenschutzprogramm und danach stellte die Ermittler vor ganz neue Herausforderungen. Zwar konzentrierten sich die Ermittlungen auf die Zeit davor, aber ohne einen Fahndungserfolg nach dem Hauptverdächtigen Klappblau war kein Weiterkommen. Die Möglichkeit eines ganz normalen Unfalls wurde zwar weiterverfolgt, aber nicht ernsthaft favorisiert.

Der Abmeldeton des Computers signalisierte Simond nun den wohlverdienten Feierabend nach einer anstrengenden Woche. Es war Freitag, und Simond wollte gemeinsam mit Moulin ins Elsass fahren. Genauer gesagt nach Colmar, diesen wunderschönen Ort am Rande der Vogesen. Sie wollten Renard besuchen, der sie in die Pension seiner Lebensgefährtin eingeladen hatte.

Simond wollte noch nicht aufbrechen. Er nahm einen Speicherstick aus der Schublade und tippte damit nachdenklich auf den geschlossenen Aktendeckel. Die nochmalige Sichtung der kreuzgeschredderten Akte nach den neuen Kriterien hatte nicht wirklich etwas gebracht, doch er hatte die Hoffnung noch nicht aufgegeben, dass er Renard, dessen Beratervertrag eigentlich mit dem Fall „Aranea" abgeschlossen war, vielleicht überreden konnte, fest ins Team zurückzukehren. Er hatte Renard auch weiterhin mit Informationen versorgt, und der hatte daraufhin fleißig recherchiert.

Simond steckte den Stick in seine Hosentasche, schaute sich nochmals in seinem Büro um, schaltete das Licht aus und schloss die Tür ab. Er wusste, dass Renard auf die neuen Ergebnisse wartete, auch wenn sie noch so dürftig schienen.

Simond liebte diese Gegend rund um Colmar. Sobald man die Autobahn Richtung Vogesen verließ, wurde die Landschaft lieblicher, die Hügel begannen sich sanft zu formen, doch schon hinter dem nächsten malerischen Dorf näherte man sich abrupt über spektakuläre Passstraßen den zahlreichen Gipfeln. Diese Straßen waren wie geschaffen für seinen alten Porsche, der sich hier anfühlte, als wurde er speziell für dieses Gebirge entwickelt.

„Magnifique", brachte Moulin etwas gequält über die Lippen, als sie endlich die Gipfelstation des Sessellifts des Skigebietes erreicht hatten und die Baude mit den schon zahlreich davor parkenden Motorrädern zu sehen war. Ihm war etwas übel, was er auf die schroffe Fahrweise Simonds zurückführte. Mehrmals hatte er während der Fahrt erhebliche Zweifel gehabt, dass sein Kollege wusste, was er da eigentlich tat.

Er konnte es manchmal immer noch nicht glauben, welche Metamorphose Simond nach dem Anschlag auf ihn durchgemacht hatte, vom Althippie mit altem Campingbus zum Porschefahrer in Designerklamotten. Gegensätzlicher konnte das eigentlich nicht sein, genau wie das Bild, was sich auf dem Gipfel hier bot. Einerseits waren da noch meterhohe Schneebretter und die Panoramahöhenstraße war noch gesperrt. Andererseits saßen etliche Motorradfahrer auf den vor der Gaststätte aufgestellten Bänken, führten Benzingespräche und tranken Kaffee.

Simond sah Moulin fragend an, nachdem sie Platz genommen hatten. Dieser hatte vor lauter Faszination für die geparkten Maschinen überhaupt nicht mitbekommen, dass keine Bedienung an den Tisch kam."Self Service" stand an der Eingangstür. Simond konnte den tieferen Sinn nicht erkennen, warum gerade auf Englisch darauf hingewiesen wurde, dass sich hier niemand die Mühe machte, Bestellungen aufzunehmen und Getränke an den Tisch zu bringen. Waren doch die meisten Gäste aus der Region oder auch dem deutschen Pendant, dem Schwarzwald. Eigentlich egal, das Lokal schien auch ohne große Bemühungen gut zu laufen.

Moulin bemerkte, nachdem eines seiner anscheinend favorisierten Bikes weggefahren war, den Blick Simonds und schaute fragend zurück.

„Okay, was möchtest du trinken, Kaffee?", als Simond nickte, stand er auf und kehrte nach wenigen Minuten mit zwei Tassen zurück.

„Renard macht es ganz schön spannend."

Moulin ließ diesen Satz etwas nachhallen und wartete eine Antwort Simonds ab.

„Ja, keine Ahnung, vielleicht möchte er uns wirklich ganz einfach nur einladen, um der alten Zeiten willen, oder?"

„Daran glaube ich nicht wirklich, aber heute Nachmittag werden wir ja erfahren, warum er sich gemeldet hat."

Professor Schramm kratzte sich am Kopf.

„Das Reserveantibiotikum schlägt auch nicht an? Seltsam! Sind denn nun endlich die Krankenakten da von diesem Fall in den Achtzigern? Unglaublich, warum dauert das denn so lange! Das war ja klar, wenn der BND involviert ist. Hat sich nichts geändert seit damals."

Schramm schaute sich erschrocken um. Eigentlich hatte er sich stets unter Kontrolle, aber wenn es um diese bundesdeutsche Behörde ging, waren seine Zeiten als Student in den Achtzigern in Göttingen sofort wieder präsent. Alles hatte damals für ihn auf der Kippe gestanden, seine Karriere schien beendet, bevor sie überhaupt begonnen hatte.

Er betrachtete sein Gegenüber genau. Der Assistenzarzt zeigte keine Regung, ebenso wie die beiden Studentinnen. Anscheinend war es für sie völlig legitim, wenn man sich in seiner Position lautstark über eine deutsche Behörde beschwerte. Diese kantenlose Jugend, dachte er sich und grübelte weiter, diesmal allerdings leise.

Er musste wieder mal an Conny denken, die Frau seines Lebens, die auf solch eine unfassbare Art und Weise ums Leben gekommen war. Er hatte damals gerade angefangen zu studieren, es war eigentlich nur eine flüchtige Begegnung auf einer Party gewesen, ein Flirt, eine kurze heftige Affäre, und eine Woche später war sie tot.

Doch diese Frau hatte sein Leben verändert. Auch er hatte in blinder Wut Schaufenster zerschlagen und Molotowcocktails auf die Polizei geworfen, nachdem der Funkspruch der Polizeistreife öffentlich geworden war, dass die „plattgemacht" werden sollten. Damals war er felsenfest davon überzeugt gewesen, es war Mord. Alles drohte in den Abgrund zu stürzen, sein Studium, sein bürgerliches Leben. Er, Professor Schramm, hatte für einen kurzen Moment überlegt, alles hinzuschmeißen und in den Untergrund zu gehen.

Brigitte empfing Moulin und Simond freundlich, aber nicht ganz so herzlich wie das letzte Mal, als sie die beiden kennengelernt hatte, kurz nachdem Renard sich entschieden hatte, sich ein Jahr lang beurlauben zu lassen, um sie in ihrer Pension hier in Colmar zu unterstützen.

Viel war in dieser Zeit passiert. Der Anschlag auf Simond hatte nur den Anfang der mysteriösen Dinge markiert, die um sie herum passierten. Nicht zuletzt der Einbruch in ihre Pension hatte sie nachdenklich gemacht. Mit wem hatten die drei Kommissare sich da angelegt? Sämtliche Ermittlungen waren im Sand verlaufen, obwohl der betriebene Aufwand gigantisch war und für einigen Gesprächsstoff in der Nachbarschaft, eigentlich in ganz Colmar gesorgt hatte.

Brigitte war schon seit diesem Vorfall klar gewesen, dass ihr Mann sich innerlich bereits entschieden hatte. Er war chronisch unterfordert mit seiner jetzigen Tätigkeit. Mal eine Reparatur da und ein neuer Anstrich dort. Sie wusste, dass das einen Mann wie Renard nicht auf Dauer zufriedenstellen konnte. Geredet hatten sie zwar nie darüber, aber manch unausgesprochene Tatsache wurde durch ihre unterbewusste Körpersprache so offenkundig, dass man es eigentlich gar nicht aussprechen musste.

Sie spürte, Renard war unzufrieden. Jedes Mal, wenn er eine Mail von seinen ehemaligen Kollegen erhielt, blühte er regelrecht auf und recherchierte nächtelang im Internet. Wenn er dann völlig übernächtigt am Frühstückstisch saß und gedankenversunken den Kaffee umrührte, dann hatte er wieder dieses Leuchten in den Augen, welches sie so an ihm liebte, wie damals, als sie sich kennenlernten und er über seine Arbeit erzählte.

Davon war nicht mehr viel übrig. Renard fehlte seine Arbeit, soviel war klar. Was das nun für ihre Beziehung bedeutete, blieb abzuwarten.

Brigitte führte Moulin und Simond auf die kleine Terrasse, die sich direkt an einem der zahlreichen Kanäle befand, die Colmar durchzogen. „Ich gehe ihn wecken", sagte sie leise, „er hat wieder die ganze Nacht durchgearbeitet."

„Ça va, Simond, ça va, Moulin", Renard verschwendete nicht viel Zeit für das Begrüßungsritual. Die Wangenküsse deutete er nur leicht an und setzte sich zu den beiden an den Tisch, um hektisch einen Schluck Kaffee zu trinken, den Brigitte für sie auf den Tisch gestellt hatte.

Simond sah verwundert zu Moulin, in dessen Gesichtsausdruck ebenfalls eine leichte Irritation zu erkennen war. Renard sah extrem unausgeschlafen aus und erinnerte mit seinen ungekämmten Haaren und dem Stapel Papier unter seinem Arm eher an einen zerstreuten Professor als an den brillanten Mann von der Spurensicherung, mit dem sie vor noch nicht allzu langer Zeit zusammengearbeitet hatten.

Renard kratzte sich am Kopf, schaute seine Kollegen kurz an, ordnete noch schnell seine Notizen und begann.

„Also", sagte er kurz, um gleich darauf eine Pause einzulegen und seine Papiere erneut zu sortieren. „Also", fuhr er dann fort, „ich weiß eigentlich gar nicht genau, wo ich anfangen soll. Nachdem ich begonnen hatte zu recherchieren, war ich ziemlich schnell desillusioniert, irgendetwas über biologische Waffen zu finden, über die Pest war da rein gar nichts. Aber dann, bei ‚Augustusburg‘ beziehungsweise ‚Augustus‘ und speziell bei der ‚Kommandoaktion Blaues Band‘ bin ich fündig geworden, nachdem du mir den entsprechenden Link zugeschickt hattest, Simond. Ich habe da so eine Idee, die klingt so verrückt, ja, was soll ich sagen, ich habe manchmal das Gefühl gehabt, meine Fantasie geht mit mir durch, doch im nächsten Moment ergab dann alles wieder einen Sinn und erschien logisch.“

Er fuhr sich durch die Haare und glättete das Papier vor sich.

„Nun, beginnen müssen wir bei den Tempelrittern.“

Moulin und Simond sahen sich entgeistert an.

„Ja, ihr habt richtig verstanden, bei den Tempelrittern. Und ihr werdet es nicht glauben, unser alter Fall ‚Katzengold‘ hat mich in diesem Zusammenhang auch wieder beschäftigt.“

„Schatz, ich habe uns einen Tisch reserviert!“

Professor Schramm hängte seine Jacke an den Garderobenhaken, atmete tief durch und zog die Augenbrauen hoch. Er wusste, dass er gar nicht nachfragen musste, in welchem Lokal. Natürlich wollte seine Frau wieder in die Trattoria, wie jeden Donnerstag- und Dienstagabend. Eigentlich hatte er ja überhaupt nichts dagegen einzuwenden. Er mochte die Besitzer für ihre herzliche aber unverbindliche Art. Ebenso das Essen, einfach unvergleichlich, aber… Dieses Aber nötigte ihm immer ein Stirnrunzeln ab, das Publikum. Die High Society von Göttingen gab sich hier die Klinke in die Hand. Im Grunde auch kein Problem, wenn er die meisten nicht von früher kennen würde. Wie Geld die Menschen verändern konnte – vom Straßenkämpfer zum Bundestagsabgeordneten, Boutiquenbesitzer, Industriellen, Lehrer oder Professor.

Ja, auch er hatte sich verändert, doch im Gegensatz zu den meisten war er nicht mit dem goldenen Löffel im Arsch geboren worden und seine Empörung damals kam aus tiefster Überzeugung. Er war nie ein politischer Mensch gewesen, hatte auch nie den Drang verspürt, irgendwo dazugehören zu müssen, bis zu dem Moment, als er Conny kennenlernte.

Heute hatte er nach Feierabend noch einen Spaziergang zum Iduna Zentrum gemacht und einen Moment vor diesem schrecklichen Denkmal innegehalten, welches Conny gewidmet war. Der Stein, okay, aber diese Metallskulpturen… Dieses Ensemble wurde solch einer besonderen Frau in keinster Weise gerecht.

Schramm hatte ein schlechtes Gewissen seiner Frau gegenüber, als er erneut ihr fragendes „Schatz?" vernahm, „hast du mich nicht verstanden?"

„Doch, Schatz, ich freu mich", antwortete er kurz.

Damals hatte ihm seine Frau, oder eher ihr Vater, den Weg geebnet in jene Kreise, die ihm wahrscheinlich ohne die Kontakte dieser obskuren Netzwerke verschlossen geblieben wären. Arzt, ja, vielleicht sogar Oberarzt, aber Professor, höchst unwahrscheinlich, dass er dies ohne die Unterstützung seines Schwiegervaters erreicht hätte. Schramm wusste, dass es nicht fair war, seine Frau mit Conny zu vergleichen. Eine kurze, wilde Affäre und kurz darauf war sie tot und unauslöschlich in seinem Gedächtnis verankert.

Und dann war da noch der vergangene Mittwoch, als seine Sekretärin aus einem „Missverständnis", wie sie sagte, eine Vorlesung abgesagt hatte und sein Kollege ihn kurzerhand in die Trattoria geschleift hatte. Für gewöhnlich hatte er tagsüber keine Zeit für solche Ausflüge, und nach diesem Ereignis hatte er fast bis zum Abend gebraucht, um wieder einen klaren Gedanken fassen zu können. Dieser Typ in Lederklamotten mit stechendem Blick, der durch die Glasfront hereinschaute, die Hand zum Peace Zeichen geformt. Anfangs hatte er mit einer schwarzen Maske mit langem Schnabel auf der Straße getanzt, doch als er die Maske abnahm, war Schramm die exzellente Pizza fast im Hals steckengeblieben.

Er kannte diesen Typen. Das Gesicht war von groben Linien durchfurcht, und auch die aschfahle Haut zeugte nicht von einem gesunden Lebenswandel, aber dieser Blick hatte sich nicht verändert. Das war Johnny, eine Ikone der linken Bewegung in Göttingen. Ein kompromissloser Typ, was seine politische Einstellung betraf, und bereit, jedes Mittel dafür einzusetzen. Andererseits war er auch ein sehr guter Philosophiestudent gewesen.

Schramm konnte sich noch genau daran erinnern, als im Frühling '89 der Staatsschutz aufgetaucht war und nach Johnny suchte. Es hatte wochenlang kein anderes Thema mehr auf dem Campus gegeben. Man munkelte, er sei in der Ostzone untergetaucht, sogar die RAF wurde ins Spiel gebracht. Johnny war verschwunden, um dann sechs Monate später, kurz nach dem Mauerfall, wieder in Göttingen aufzutauchen.

„Schatz!"

Seine Frau riss ihn aus seinen Gedanken.

„Was soll ich anziehen? Das kleine Schwarze oder doch lieber das lange Grüne?"

Ohne eine Antwort abzuwarten schob sie die nächste Frage hinterher.

„Schatz, wie geht es eigentlich diesem Patienten mit der Pesterkrankung? In Brunhagen beim Reiten gibt es fast kein anderes Thema mehr."

Renard hielt sich schon eine geraume Zeit damit auf, seine Unterlagen zu ordnen, um dann abrupt aufzuschauen.

„Okay, viel habe ich nicht, aber es ist zumindest ein Anfang. Die Pest, gut, damit beginne ich erst einmal. Wie ihr wisst, zählt die ja laut WHO zum Dreckigen Dutzend, will heißen zu den zwölf gefährlichsten Kampfstoffen dieser Welt. Besonders interessant für terroristische Organisationen und für den Einsatz in Kriegsgebieten, da sich Pesterreger mit einem durchschnittlichen Aufwand herstellen und verbreiten lassen. Unbehandelt ist der Krankheitsverlauf zu fast hundert Prozent tödlich, dazu noch relativ schnell wirksam und verursacht dadurch eine schnelle Dezimierung der Streitkräfte. Es ist ziemlich einfach, Pestbomben zu bauen. Das wäre die einfachste Form der Pestwaffen. Man könnte sie im Krieg neben normalen Bomben von Flugzeugen aus abwerfen, in einfachen Druckbehältern, die durch den Aufprall zerbersten und alle in der Nähe befindlichen Menschen infizieren. Etwas komplizierter wären Artilleriewaffen, womit man diese Druckbehälter in feindliche Stellungen schießt.

Es wäre auch möglich, infizierte Flöhe und Ratten in möglichen Einsatzgebieten auszusetzen. Bereits 1970 hat die WHO ein Szenario mit Pestbakterien durchgespielt. Ein fiktives Aerosol mit Yersinia pestis über einer Fünfmillionenstadt freigesetzt, würde zu folgendem Schreckensszenario führen: 120.000 Schwerstkranke und 36.000 Todesfälle innerhalb von zehn Tagen. Jedes noch so gute Gesundheitssystem würde kollabieren. Schon allein die verfügbaren Antibiotika wären nur für einen Bruchteil der Infizierten vorhanden und auch nicht in angemessener Zeit herzustellen.

Und nun die Hiobsbotschaft. In den 80er Jahren ist es russischen Wissenschaftlern gelungen, ein antibiotika-resistentes Pestaerosol herzustellen. Das führt uns zu der Frage, was in den Wendewirren nach Glasnost und Perestroika damit geschehen ist. Ihr beide habt genug Fantasie, einige Möglichkeiten durchzuspielen.

Und nun der zweite Anhaltspunkt, ‚Augustus‘. Alle der unter dieser Kennzeichnung aufgeführten Burgen sind unter bestimmten Anhaltspunkten irgendwann, irgendwie miteinander verbunden gewesen. Aber der einzige Zusammenhang, der alle miteinander verknüpft, sind die Templer, beziehungsweise die Freimaurer.

Fragt mich bitte noch nicht, was das bedeutet. Aber auch Schraplau und die Burg Hanstein sind in diesem Zusammenhang erneut aufgetaucht, unsere Fälle ‚Katzengold‘ und ‚Aranea‘, ist das nicht total verrückt?“

Renard kratzte sich erneut am Kopf und nahm einen Schluck Kaffee. „Merde, der ist ja kalt!“

Er schob den kalten Kaffee zur Seite und ordnete erneut den Stapel Papiere, bevor er fortfuhr.

„Jetzt zu der dritten Anfrage betreffs der Kommandoaktion ‚Blaues Band' und diesem Erich Lehmann. Es kann gut sein, dass das ‚unser' Erich ist. Zu dem Blauen Band habe ich was in Leipzig gefunden, alles noch recht vage, aber ich bin da noch dran. Wenn sich das bestätigt, was ich vermute, ergibt das alles einen Sinn. Aber dazu später, ich brauche erst noch mehr Klarheit."

Moulin und Simond schauten beide wie verabredet mit fragendem Blick zu Renard.

„Wie, später, was heißt das jetzt genau?"

Renard guckte verdutzt.

„Ja, was soll das schon heißen? Ich bin natürlich wieder mit dabei! Oder steht das Angebot nicht mehr?"

„Doch, natürlich", erwiderte Simond erleichtert und nickte synchron mit Moulin, was schon fast karikaturistische Züge annahm. Als sie es bemerkten, mussten alle drei lachen.

„Willkommen zurück", sagte Moulin, und Simond schmunzelte zufrieden.

Dieter rückte die Atemschutzmaske zurecht, die er, wie auch seinen Schutzanzug, nur widerwillig angezogen hatte, doch was sollte er machen. Er war nach seiner langen, krankheitsbedingten Pause zum THW versetzt worden. Weniger Stress, hieß es von seinen Vorgesetzten, doch Dieter war klar, dass dies nur eine Ausrede war. Er hatte selbst bemerkt, als sein Burn-out immer schlimmer wurde, dass kein Kollege mehr mit ihm rausfahren wollte. War ja auch kein Wunder, Dieter konnte sich oft selbst nicht mehr leiden. Seine Wutausbrüche, seine Ungeduld und vor allem seine Unkonzentriertheit hatten es schwierig gemacht, für ihn und seine Kollegen.

Nun der Neuanfang beim THW. Dieter sollte erst mal nur in der Tagschicht arbeiten, jedenfalls solange er noch seine Wiedereingliederung machte.

Alles war ihm über den Kopf gewachsen, seine Familie, seine pflegebedürftigen Eltern, dann sollte auch noch das Haus verkauft werden, in dem er wohnte. Zusammen mit den Schichten bei der Feuerwehr hatte es dazu geführt, dass Dieter irgendwann nicht mehr schlafen konnte. Die ständigen Sorgen, all das hatte ihn ständig beschäftigt, bis er, nun ja, eigentlich seine Frau, beschlossen hatte, dass er Hilfe brauchte.

Dieter ging es nun besser, ganz langsam fand er sich mit den Veränderungen ab, konnte sogar schon wieder schlafen, einigermaßen jedenfalls. Eine neue Wohnung hatten sie auch gefunden. Der Umzug war abgeschlossen, Dieter kam endlich zur Ruhe.

Und nun dieser Einsatz. Er sollte zusammen mit seinen Kollegen eine Höhle untersuchen, die dieser Pensionär und Hobbyarchäologe, der sich mit Pest infiziert hatte, unterhalb der Burg Plesse entdeckt hatte. Der Einsatzleiter hatte sie gebrieft. Es sei höchst unwahrscheinlich, dass diese Höhle und die Infektion miteinander zu tun hätten, trotzdem, Kollegen, seid bitte vorsichtig, hatte er ihnen eindringlich gesagt.

Dieter schaltete die Taschenlampe ein und leuchtete in das dunkle Loch. Mehr als ein Loch war es anscheinend nicht. Genau zwischen zwei großen alten Eichen, die sich bemüht hatten, mit ihren Wurzeln eine dieser großen

Sandsteinplatten festzuhalten, tat sich nun ein Gang auf. Dieter hatte das Gefühl, als neuer Kollege eine gewisse Bringschuld zu haben. Keiner der anderen machte auch nur ansatzweise Anstalten, ihm diese Aufgabe abzunehmen, in das Loch zu steigen. Diese angebliche Höhle und die Gänge, von denen der Rentner seiner Frau berichtet hatte, waren zumindest dem ersten Anschein nach nicht zu erkennen.

Nur die zwei Bäume und die provisorisch davor gelegte Steinplatte passten schon zu der Aussage der Frau des Pensionärs über den Einstieg in diese Unterwelt, wo sich ihr Mann die letzten Wochen über aufgehalten hatte.

Dieter überlegte, der Lichtkegel der Taschenlampe fand nach circa zwei Metern auf einem großen Stein ein jähes Ende, doch auf der rechten Seite schien es weiterzugehen. Auf dem Boden entdeckte er im Erdreich einige Riefen, die von Schleifspuren herrühren konnten. Vielleicht von Schuhspitzen eines Menschen, der auf allen Vieren versucht hatte, in dieses Loch zu kriechen. Oder vielleicht waren das auch die Spuren eines Tieres, Dachs oder Fuchs oder ähnliches.

Er rutschte ein Stückchen zurück und kratzte sich am Kopf. „Na, wird das heute noch was?", hörte Dieter leise von seinen Kollegen hinter sich, „wenn der bei der Feuerwehr auch so schnell war, ist es kein Wunder, dass die den loswerden wollten!"

Dieter überlegte kurz, ob er ganz einfach so tun sollte, als hätte er nichts gehört. Doch dann waren die Worte seiner Ärztin wieder präsent: „Sie dürfen nicht immer alles in sich reinfressen, wenn Sie sich ungerecht behandelt fühlen, sprechen Sie das an, was Ihnen nicht gefällt! Das raubt Ihnen sonst wieder irgendwann den Schlaf."

„Okay", sagte Dieter kurz und nahm den Atemschutz ab, nachdem er sich umgedreht hatte. Er setzte sich demonstrativ im Schneidersitz vor das Loch, als wolle er es bewachen und schaute in die erschrockenen Gesichter seiner Kollegen und wartete ab. Der junge Mann, der den Spruch gemacht hatte, lief knallrot an, um gleich darauf loszustammeln.

„Haste denn irgendwas gesehen, Dieter?"

„Ja, hab ich", entgegnete Dieter ruhig. „Bei der Feuerwehr haben wir beigebracht bekommen, dass überstürztes Handeln niemandem nützt, besonders wenn man sich dadurch selbst in Gefahr bringen kann. Außerdem wollten die mich nicht loswerden, weil ich langsam bin, sondern weil ich krank bin, falls es jemanden interessiert."

„Ist ja gut, Dieter, Jens hat das nicht so gemeint", schlichtete Klaus, der Schichtleiter, „was hast du denn gesehen?", dann kam er auf Dieter zu, hielt ihm die Hand hin und zog ihn aus dem Schneidersitz hoch, „dann erzähl mal."

Nachdem Dieter die Situation geschildert hatte, kniete sich Klaus vor das Loch, um sich die merkwürdigen Spuren anzuschauen.

„Ich denke", resümierte er kurz, „das sind Schleifspuren von diesem Hobbyarchäologen. Hier sind wir richtig. Jens, du bist der Jüngste und Wendigste, mach dich mal fertig. Du passt hier am besten durch."

Dann klopfte er Dieter auf die Schulter und Jens grummelte irgendetwas vor sich hin.

„Nee, lass mal gut sein, Klaus", erwiderte Dieter, „ich mach das schon." Dann drehte er sich um, ohne die Antwort abzuwarten. Er kniete sich hin und kroch erneut in das Loch.

Er hatte in der letzten Zeit schon so viel geschafft, da war das, was er jetzt machte, noch das Einfachste. Eigentlich hatte er sich schon einige Male in seinem Leben irgendwo verkriechen wollen, da wäre ihm früher so ein Loch gerade recht gekommen.

Er war schon ein ganzes Stück vorangekommen, als er kurz innehielt. Er bemühte sich, irgendetwas wahrzunehmen. Aber bis auf ein leichtes Rauschen, welches ihn entfernt daran erinnerte, wie er als Kind eine Muschel ans Ohr gehalten hatte, konnte er nichts hören. Er robbte noch ein Stück weiter vorwärts, bis er fast an dem Stein angekommen war, und merkte, wie ihm der Schweiß den Nacken und die Stirn herunterlief.

Dieter legte kurz die Taschenlampe zur Seite und wischte sich den Schweiß ab. Danach legte er sich auf die Seite und leuchtete in die Richtung, in der er zuvor vermutet hatte, dass es weitergehen könnte.

„Wahnsinn!", Dieter musste schlucken. Was er da erblickte, war ein Schacht von circa zwanzig Metern Länge, welcher leicht abschüssig war. Der Boden war mit Feldsteinen ausgelegt und die Decke mit Rundbögen aus dem gleichen Material ausgemauert. An einigen Stellen schien der Schacht eingestürzt gewesen zu sein, dort war die Decke provisorisch mit Palettenbrettern gesichert. Kein Zweifel, das musste der Ort sein, an dem der Hobbyarchäologe eingestiegen war. Zur Begehung war dieser Schacht sicher nie vorgesehen gewesen, oder vieleicht doch? Dieter versuchte, irgendetwas am Ende des Ganges zu erkennen, aber seine Taschenlampe war dafür zu schwach.

Er dachte nach. Ohne zu wissen, was ihn nach diesem Gang erwartete, wollte er nicht weiterkriechen. Er öffnete kurz den Schutzanzug und holte sein Handy aus der Brusttasche seiner Latzhose, um ein Foto zu machen.

Zufrieden steckte er das Smartphone zurück und kroch wieder aus dem Loch.

„Und, wie sieht's aus?", Klaus schaute ihn ungeduldig an.

„Ich habe ein Foto gemacht. Sieht danach aus, dass wir gefunden haben, was wir suchen."

Dieter zeigte seinen Kollegen das Foto.

„Gut", Klaus nickte anerkennend, „gib das gleich weiter an die Dienststelle. Das soll sich mal ein Archäologe von der Uni ansehen. Scheint älter zu sein. Vielleicht schicken wir da erst mal einen Roboter rein, wie ihn die Kanalarbeiter benutzen."

Professor Schramm kratzte sich am Kopf.

„Tot also. Das ist schlecht."

Auch die Reserven gegen multiresistente Erreger hatte der Patient bekommen, und nichts hatte geholfen.

„Nun ja, wir haben alles versucht", er schaute seinen Assistenzarzt an, „verständigen Sie bitte die Frau des Verstorbenen und danach machen Sie die Meldung an die Behörde fertig. Bitte noch keine Mitteilungen an die Presse."

Er blickte den Rest des Teams streng an. Vor allem blieb sein Blick an den zwei Studenten hängen, die momentan in der Abteilung arbeiteten.

„Darum sollen sich andere kümmern."

Georg schaute sich schüchtern um. Er hatte im Kronencafé Platz genommen und trommelte nun mit den Fingern auf dem Tisch. Eine der aufmerksamen Bedienungen hatte ihn wohl durchaus schon wahrgenommen, schaute aber demonstrativ an ihm vorbei, während sie den Nachbartisch abräumte.

Georg erschrak, klar, wie musste das denn aussehen, diese Geste der Ungeduld, und das in diesem Café, welches in puncto Service einen tadellosen Ruf genoss. Dies war auch nicht der Grund für seine Nervosität, dass er sich hier nicht gut aufgehoben fühlte, um zu frühstücken. Nein, Georg hatte Angst, dass ihn jemand erkannte.

Nun musste sich Georg nicht fürchten, er stand keineswegs auf irgendeiner Liste, die ihn zur Fahndung ausschrieb, das war es nicht. Er hatte einfach Angst, dass einer seiner Kumpels ihn hier entdeckte. Im Kronencafé, dessen Besucher für ihn und seine Mitstreiter stets ein rotes Tuch waren.

„Genau hier muss der Klassenkampf anfangen! Bei den Rolex tragenden Zigarrenrauchern", hatte er immer gesagt, „genau bei diesen satten, selbstgerechten Menschen müssen wir das Bewusstsein schärfen für den Hunger in Afrika und die Kriege in dieser Welt!"

Und nun saß er selbst hier.

Er rückte noch einmal seine Mütze zurecht, die er sich bei Hut-Baum gekauft hatte. Diese Schiebermütze, oder auch Schlägermütze, wie sie sein Vater immer bezeichnet hatte, sie hatte ihn jedes Mal, wenn er an dem Geschäft vorbeilief, angeschaut, als wollte sie sagen: „Kauf mich, los, trau dich!"

Georg hatte sich getraut und fühlte sich nun doch etwas unwohl. Trotz der durchaus glaubhaften Beteuerungen der Verkäuferinnen, dass diese Mütze ihm ausgezeichnet stand. Vielleicht lag es ja an der Farbe. Georg hatte es seit einer gefühlten Ewigkeit das erste Mal getan. Er hatte farbige Sachen gekauft, nicht diesen schwarzen Einheitsbrei, der in seiner Szene so beliebt war, und nun erschrak er über seine eigene Courage.

„Sie wünschen?"

Georg schreckte auf und blickte in das freundliche Gesicht der Bedienung, die plötzlich unbemerkt an seinen Tisch getreten war.

„Ein kleines Frühstück, bitte", stammelte er unsicher und bemerkte, wie die Bedienung seine gelben Finger betrachtete, die durch die unzähligen selbstgedrehten Zigaretten am gestrigen Abend eigentlich schon fast braun waren. Georg versuchte noch schnell, diese unter der Tischkante zu verstecken, als sich die Bedienung mit einem freundlichen „Gerne!" schon auf den Weg machte.

Kurz überlegte er noch, sich aus alter Gewohnheit das Göttinger Wochenblatt aus dem gutsortierten Zeitungsständer zu holen, verwarf den Gedanken aber gleich wieder und zückte stattdessen sein Notizbuch.

Er hatte sich schon einige Stichpunkte für seinen neuen Job gemacht. Stadtführungen, besonders die „Göttinger

Unterwelten" hatten es ihm angetan. Georg konnte sich noch gut an seine erste erinnern, an das Göttinger Szenemädel mit ihrem Hut und den merkwürdigen Schlabberhosen, die ihm schlagartig klarmachten, dass sie genau wie er ihre Sturm-und-Drang-Zeit in den frühen 80er Jahren gehabt hatte.

Bei dieser ersten Führung hatte sie ihn noch wohlwollend angeschaut, er wie sie in szenetypischem Outfit dieser längst vergangenen Zeit. Das aber in Göttingen noch immer seine Berechtigung hatte. Die schiere Masse der ergrauten Spätachtundsechziger gab noch immer den Ton an, was „in" war. Aber im Gegensatz zu Georg konnten sich die meisten auch ihren Anspruch leisten, diese Klamotten mittlerweile in den angesagtesten Läden der Stadt einzukaufen, die rein zufällig in der Nähe von altehrwürdigen Universitätsgebäuden oder dem Edelitaliener zu finden waren.

Georg befand sich nicht in solch einer komfortablen Situation, nachdem er beim Göttinger Wochenblatt entsorgt worden war. Und eine Stelle als Journalist zu finden, war derzeit aussichtslos. Er hatte sich immer als investigativen Journalisten gesehen, der Sachen aussprach, die wehtaten, ohne auf die, früher zumindest, zahlreichen Werbekunden Rücksicht zu nehmen. Der Druck war immer höher geworden, je mehr von diesen Kunden wegbrachen. Aber, was noch viel schlimmer war, die Abonnements hatten einen absoluten Tiefststand erreicht. Wer wollte denn noch im Café vor einer Wand aus Papier sitzen, wenn so ein Smartphone die gleiche Information mit einigem Wischen freigab. Aber das entscheidende Kriterium war, dies auch noch kostenlos.

Georg hatte es nicht mehr ausgehalten, diese „tiefgreifenden" Storys über Schrebergärten, Kleintierzuchtvereine und bestenfalls noch Baustellen- bzw. aktuelle Verkehrsberichte, die daraus entstanden, zu kommentieren. Er konnte einfach nicht mehr diesen trivialen Blödsinn aus seinen grauen Zellen quetschen, die sich weigerten, blockierten und ihn dann zu guter Letzt schwermütig werden ließen.

Eines Tages hatte er bei der Arbeit wegen dieses immensen Schwachsinns einen Wutausbruch bekommen, seinen ganzen Frust rausgeschrien und war nach Hause gegangen. Verhängnisvollerweise hatte er auch noch die Redaktionstür derart zugeschmissen, dass die Scheibe zerborsten war.

Als er nach zwei Monaten Krankschreibung wieder zur Arbeit erschienen war, hatte ihm sein Chef kommentarlos einen Brief in die Hand gedrückt: „Betriebsbedingte Kündigung", und als Anhang eine Rechnung für die Tür, die ihm die Luft nahm.

Seinen Traum, beim „Spiegel" zu arbeiten, konnte er eh vergessen, in seinem Alter würden die ihn sowieso nicht nehmen. Mal ganz davon abgesehen, dass er das nach dem Studium schon mal versucht hatte und abgelehnt worden war. Dann sein Versuch, einen Blog zu gründen, den „Göttinger Szenetalk", was auch nur leidlich lief. Ihm war nichts anderes übriggeblieben, als in einer Studentenkneipe, dem GroMa, zu jobben.

„Ihr Frühstück", Georg riss dieser Satz aus seinen Gedanken. Er legte das Notizbuch zur Seite, in das er noch nichts geschrieben hatte.

„Danke", sagte er leise und nachdenklich.

„Gern", erwiderte die freundliche Bedienung und verließ lächelnd seinen Tisch.

Georg sollte heute bei der Stadtführung von Renate, der Spätachtundsechzigerin, mitlaufen, einer diplomierten Historikerin, deren Tick es war, sich während des Sprechens mit dem Finger im Ohr zu bohren, um diesen danach ausgiebig zu begutachten.

Und just in dem Moment, als Georg sich ihr letzte Woche als freier Journalist vorgestellt hatte, hatte sie es wieder getan. Nachdem sie das Ergebnis ausgiebig betrachtet hatte, so als wäre sie allein auf dieser Welt, und ihre langen Haare mit einer ungelenken Handbewegung hinter die Schulter gestrichen hatte, kam ein schnippischer Kommentar: „Na, ob das wohl die richtige Ausbildung ist für diese Aufgabe …"

Renate hatte eine hysterische Art, ihre Führungen zu gestalten. Sie hörte sich gerne reden und tat dies lang, schnell und ausgiebig, so dass Georg ihre Aufforderung an die Teilnehmer der Führung, Fragen zu stellen oder selbst eine Anekdote zu erzählen, bei der ersten Tour, die er mit ihr hatte erleben müssen, als reine Höflichkeitsfloskel empfand. Garniert mit hektischen Bewegungen und ihrem Rumgehüpfe, hatte er den Rundgang durch die Keller Göttingens als äußerst anstrengend empfunden, was er auch in den Gesichtsausdrücken der anderen Teilnehmer zu erkennen geglaubt hatte.

War halt wieder so ein typischer Fall von zur falschen Zeit am falschen Ort. Hätte er sich beim Treffen der Teilnehmergruppe im Alten Rathaus ganz einfach auf die linke Stuhlreihe gesetzt, dann wäre der entspannt wirkende Kollege von Renate jetzt für ihn zuständig gewesen. Shit happens, manchmal verliert man halt und manchmal gewinnen die Anderen, dachte sich Georg, Augen zu und durch.

Er sollte heute mit Renate im Wechsel die Führung moderieren, soweit sie es vielleicht zulässt, dachte er schmunzelnd und biss in sein Frühstücksbrötchen. Er war fest entschlossen, sich nicht aus dem Konzept bringen zu lassen. Dieses Mal noch die Standardmoderation, und dann würde er nach und nach seine eigenen Erkenntnisse einbringen. Dieser Spruch Renates, die ernsthaft verkündete: „Wer glaubt, dass diese Keller, die immenses Geld gekostet haben, irgendwie miteinander verbunden waren oder sind, durch geheime Gänge oder ähnliches, kann das sofort getrost vergessen. Man baute sich doch keinen ‚Tresor‘, um ihn danach für andere zugänglich zu machen!"

Georg war sich sicher, dass Renate genau diese Aussage getrost vergessen konnte. Er dachte aber nicht im Traum daran, ihr das zu erklären. Er hatte keinen Zweifel, dass Renate sowieso nichts akzeptierte, was nicht aus ihrem eigenen, zumindest ihrer Ansicht nach, genialen Gehirn entsprang, und schon gar nicht die Gedanken eines Schreiberlings, der ohne profundes Wissen eh nur semigeeignet war für diese Arbeit.

Georg hatte oft an die in Stein geritzten Zeichen gedacht, die er in dem alten Heizungskeller und späteren Gefängnis unter dem Sitzungssaal des Alten Rathauses entdeckt hatte. Und alles, was er dazu herausfand, hatte er seiner Kernkompetenz als Journalist zu verdanken, dem Recherchieren. Dieses Wissen und die Idee, diese Führung zu einem Event zu machen, wie er es einmal in den Kellern von Nürnberg erlebt hatte, das war sein Ziel, darauf würde er hinarbeiten, schon allein, um es dieser hysterischen Historikerin zu zeigen, wozu Journalisten so alles im Stande sind.

Er hatte sich vorgenommen, heute Abend nach Angerstein zu fahren, um seinen Vater zu besuchen, auch wenn er jetzt schon wusste, was dieser wieder erzählen würde.

„Ein Dorf macht rüber, mein Junge, hättest du mal das Drehbuch für diesen Film geschrieben, das wäre um Längen besser geworden. Dafür hätte ich mit meinem Wissen schon gesorgt. Denn das ist nur die halbe Geschichte gewesen, dass wir als Dorf gemeinsam in den Westen abgehauen sind, als die Mauer gebaut wurde. Warum das allerdings geklappt hat, obwohl alle sicher waren, dass unter uns Flüchtlingen auch ein Mitarbeiter der Staatssicherheit war, das hat damals niemanden interessiert und heute schon gar nicht mehr. Das holt uns noch alles irgendwann ein."

Georg konnte die Geschichte nicht mehr hören, die sein an Demenz erkrankter Vater immer und immer wiederholte und sich nicht daran erinnern konnte, sie schon jemals erzählt zu haben.

Aber bei seinem letzten Besuch hatte sein Vater über ein Detail betreffs des ehemaligen IM der Staatssicherheit berichtet, der zwei Häuser weiter gewohnt hatte und vor Jahren auf mysteriöse Weise verschwunden war. Kowalke, so hieß der angebliche IM, hatte beim Landesamt für Denkmalschutz gearbeitet und war für die Kartierung der historischen Burganlagen im Landkreis zuständig gewesen, unter anderem aber auch für den Wall in Göttingen.

Georg überlegte, ob er sich kurz Notizen machen sollte über das, was er seinen Vater fragen wollte, in der letzten Zeit vergaß er so enorm viel, seinem Empfinden nach zu viel. War Demenz und Alzheimer nicht auch vererbbar? Dieser Satz schoss Georg wie automatisch immer durch den Kopf, wenn ihm mal wieder etwas nicht gleich einfiel, obwohl er genau diesen Gedanken schon recht gerne vergessen würde.

Er zückte seinen Kugelschreiber und wollte gerade loslegen, als ihm, wie auch den meisten anderen Gästen im Kronencafé, der schwarzgekleidete Mann auffiel, der eine ebenfalls schwarze Augenmaske mit langem Schnabel trug, die seine Nase und den Mund bedeckte. Genau vor der eingezäunten Außenbestuhlung des Cafés hielt der Mann kurz inne, um plötzlich wie ein Vogel zu hüpfen und mit den Armen einen Flügelschlag anzudeuten, dann fing er mit krächzender Stimme an zu singen.

„Dreht euch nicht um, die Pest geht rum, bevor ihr euch verseht, ist's auch für euch zu spät!"

Augenblicklich verstummten auch die letzten Gespräche und Georg vernahm im Hintergrund wieder diese leidliche Akkordeonmusik, mit der die Göttinger Fußgängerzone schon seit einer gefühlten Ewigkeit beschallt wurde, was für Georg stellenweise schon die Kriterien von Folter erfüllte, so schlecht oder lustlos waren die meisten der „Künstler". Aber im Gegensatz zu dem Unbehagen, das manche dieser künstlerischen Darbietungen in ihm hervorrief, lief jetzt ein kalter Schauer über den Rücken und er bekam eine Gänsehaut. Er schaute sich um, die entsetzten Gesichter, in die er blickte, machten ihm unmissverständlich klar, ihm ging es nicht allein so. Da war doch dieser Fall von Pest hier in Göttingen, und nun war das Gerücht aufgekommen, der Mann hätte nicht überlebt.

Einige der Gäste hatten ihre Fassung schnell wiedergefunden und machten mit ihren Smartphones Bilder vom „Pestvogel", der nun bereitwillig mit einem breiten Grinsen dafür posierte.

Renard hatte noch eine ganze Weile auf der Terrasse vor der Pension seiner Lebensgefährtin Brigitte gesessen und auf den Kanal geschaut. Er war hier in Colmar nie so richtig angekommen, obwohl er sich das so gewünscht hatte. Die Beziehung mit Brigitte war das Eine. Die Arbeit in der Pension das Andere. Er hatte sich eingestehen müssen, dass ihn das ganz einfach nicht ausfüllte. Manchmal hatte er Marseille vermisst, das Meer, die Calanques, aber meistens seine Arbeit.

Und nun Europol. Klar, vieles würde neu sein. Seine Aufgaben, völlig neue Herausforderungen. Organisiertes Verbrechen einer ganz neuen Dimension.

Renard liebte es, sich in Sachverhalte zu verbeißen, die die meisten seiner Kollegen schon zur Seite legen würden, weil sie keine Lösung fanden, keine Zusammenhänge herstellen konnten.

Er war fasziniert von dem Imperium, das sich dieser Klappblau aufgebaut hatte. Vom Staatssicherheitsoberst zum Chef eines Elektrounternehmens und eines europaweiten Wachschutzes. Klar waren diese Firmen größtenteils auf alten Seilschaften und mit viel krimineller Energie aufgebaut worden. Aber das interessierte Renard nur am Rande. Er versuchte, sich in seine Gegner hineinzuversetzen. Sie wurden nach und nach ein Teil von ihm, was auch sein Privatleben nicht einfacher machte. Er hatte sich in dem Jahr seiner Auszeit verändert. Er hatte es nicht geschafft auszuspannen, im Gegenteil, er hatte sich mehr als in seiner aktiven Zeit in den Fall Aranea verbissen, obwohl er nur als Berater tätig war. Die Beziehung zu Brigitte war dadurch anfänglich angespannt gewesen, um dann nach und nach zu erkalten.

Letztes Wochenende waren sie zusammen nach Eguisheim gefahren. Brigitte hatte sich eine Aushilfe besorgt, um noch einmal etwas mit Renard zu unternehmen. Klar, auch sie fühlte sich schuldig, weil es nicht funktionierte. Er hatte sich eine Auszeit genommen, um bei ihr zu sein, und sie arbeitete rund um die Uhr. Sicher, sie waren den ganzen Tag zusammen, irgendwie, aber zusammen unternommen hatten sie fast gar nichts. Beide waren viel zu sehr mit ihrer Arbeit beschäftigt, um Zeit für eine Vollzeitbeziehung zu haben.

Umso mehr hatten sich beide gewünscht, dass das Wochenende gut würde. Sie hatten sich vorgenommen, die Drei Egsen Tour zu wandern, die Dagsburg, Wahlenburg und Weckmund verband, und insgeheim hatten beide gehofft, dass es ab nächster Woche so weitergehen könnte wie vor ihrem missglückten Versuch, zusammenzuziehen.

Renard wollte sich wieder eine eigene Wohnung suchen. Nicht sofort, vorerst würde er sowieso erst mal unterwegs sein. Moulin und Simond hatten sich für Montagmorgen angekündigt, um ihn abzuholen.

51

Georg hatte wieder auf der Terrasse des Kronencafés Platz genommen. Nach gestern bereits das zweite Mal, dass er das zuvor von ihm so gemiedene Café aufsuchte, und schon nach kurzer Zeit hatte sich ein Wohlgefühl eingestellt. Die Bedienung war höflich und schnell, so dass er sofort seine Bestellung aufgeben und sich dem Göttinger Wochenblatt widmen konnte, welches er sich heute sofort nach seiner Ankunft im Café geholt hatte.

Doch bevor er die Zeitung aufschlug, dachte er noch kurz über den gestrigen Tag nach. Die Führung durch die Göttinger Unterwelten war so gelaufen, wie er es befürchtet hatte. Renate hatte ihn zwar schon wie abgesprochen zu Wort kommen lassen, doch nach jeder Ausführung seinerseits noch ausgiebige Kommentare hinterhergeschoben. Auch wenn das bedeutete, dass sie das Gleiche nochmal erzählte, wenn auch mit anderer Wortwahl. Was nicht nur ihn irritiert, sondern auch einigen Besuchern ein Stirnrunzeln entlockt hatte.

Aber was sollte es, Georg hatte die „Generalprobe" überstanden, und ab dem nächsten Mal würde er allein unterwegs sein und konnte sein Konzept umsetzen.

Renate fühlte sich zu Höherem berufen. Sie wollte „aufsteigen", zur normalen Stadtführung. Diese fand deutlich häufiger statt, weswegen Georg durchaus monetäre Gründe für ihren Wechsel in diesen Bereich vermutete.

Nach der gestrigen Führung war er noch ins GroMa gegangen, um sich für die nächsten Dienste einzutragen. Allerdings hatte er sich nicht umgezogen und war mit seinen neuen farbigen Klamotten dort aufgeschlagen, was ihm befremdliche Blicke der streng schwarz uniformierten

Metal-Fraktion einbrachte, und bei Georg nicht zum ersten Mal die Frage aufkommen ließ, ob das in seinem Alter noch der richtige Job für ihn war.

Danach beim Besuch seines Vaters lief alles wie gehabt. Natürlich hatte dieser die Aussage vergessen, die Georg beim letzten Mal hatte aufhorchen lassen. Wie üblich konnte dieser sich nicht daran erinnern, je mit Georg über das Thema Angerstein geredet zu haben.

Georg atmete tief durch und widmete sich nun endlich der Zeitung, auf die er schon sehr gespannt war. Beim Vorbeigehen am Pressehaus hatte er eine interessante Überschrift entdeckt.

„Der Göttinger Pestvogel geht um. Erster Todesfall im Klinikum – Professor Schramm nimmt Stellung. Lesen Sie mehr auf Seite 3."

Georg schüttelte den Kopf, ihm war klar, wer für diese dilettantische Gestaltung verantwortlich war. Seiner Meinung nach gehörten solche Schlagzeilen auf die Titelseite, aber sein Ex-Chef wollte sich nicht verwechselbar machen mit der Bild-Zeitung, deren Auflage allerdings im Gegensatz zum Göttinger Wochenblatt noch bestens war.

Er schlug Seite 3 auf, und wie erwartet ging es weiter. Ein unscharfes Foto, wahrscheinlich das billigste, das aufzutreiben war, von diesem schwarzgekleideten Mann mit der Pestmaske, den er selbst vor dem Kronencafé erlebt hatte, neben einem Foto von Professor Schramm. Georg wollte gerade beginnen, den Artikel zu lesen, als sein Frühstück serviert wurde.

Professor Schramm war genervt. Er hatte seinen Artikel, beziehungsweise den Artikel über seine Stellungnahme zu dem Pestfall, in der Zeitung gelesen. Nichts von dem, was er autorisiert hatte, war so wiedergegeben wie besprochen.

„Die stellen mich ja dar, als wäre ich ein Laie!", hatte er wütend geschrien, so dass seine Studenten schon recht eingeschüchtert dreingeschaut hatten.

Dann hatte er umgehend mit dem Chefredakteur telefoniert, dessen Argumente ihn aber nicht beschwichtigen konnten.

„Wir sind kein Fachmagazin für Medizin, Herr Professor", hatte dieser gemeint, „mein Mitarbeiter hat nur versucht, Ihre Erläuterungen auf eine für die Allgemeinheit verständliche Sprache herunterzubrechen."

„Alles Dilettanten", hatte Schramm noch gebrummelt, als er das Gespräch wütend beendete. Und als er nach Hause kam, hatte ihn auch noch seine Frau genervt.

„Schatzi, zur Feier des Tages habe ich unseren Tisch in der Trattoria reserviert!"

Widerwillig war er mitgekommen, und nun das. An ihrem Lieblingstisch saß ein hagerer älterer Mann mit zwei jungen Frauen. An sich nichts Ungewöhnliches, es konnte schon mal passieren, dass jemand der Angestellten die Reservierungsschilder auf Zuruf platzierte, ohne im Kalender nachzuschauen, für wen der Tisch bestellt worden war.

Aber nach diesem anstrengenden Tag machte ihn dieser Typ sauer. Diese extrovertierte Art, diese laute Unterhaltung, die fast schon ordinär aufgebrezelten, viel zu jungen Frauen, und dann auch noch diese Fünf Liter Flasche Rotwein, die seit einer Ewigkeit in einem der Fenster stand und sicher ein Vermögen kostete, auf dem

Tisch des Trios. Dazu aß der Typ seine Pizza mit den Fingern, schleckte diese zwischendurch genüsslich ab, wobei er die zwei Grazien an seiner Seite mit obszönen Blicken bedachte. Einfach fürchterlich.

Obwohl der Mann anscheinend ausschließlich in edelste Designermarken gehüllt war, machte er einen sehr primitiven, überheblichen Eindruck. Ausgerechnet daneben sollten Schramm und seine Frau Platz nehmen. Als sie sich dem Tisch näherten, fielen ihm noch die zahlreichen Tattoos auf, die sich an Hals, Armen und Händen des Mannes befanden. Die lila Haare, die er mit reichlich Gel nach hinten gekämmt hatte, verstärkten äußerst unvorteilhaft die aschfahle Haut seines Gesichtes, das von tiefen Furchen durchzogen war.

Professor Schramm blieb schlagartig wie angewurzelt stehen. Das war Johnny, kein Zweifel!

Johnny war die Reaktion des Professors nicht verborgen geblieben. Er wischte sich die Augen mit dem Handrücken und putzte diesen an seiner Hose ab.

„Was ist los, Professorchen, wir beiden Schmucken Tisch an Tisch, und das, nachdem wir schon nebeneinander in der Zeitung waren. Aber keine Angst, wenn dir das unangenehm ist, wir wollten eh gerade gehen."

Johnny holte eine Rolle Hundert Euro Noten aus der Hosentasche, die ein Gummi zusammenhielt, schnappte sich die übergroße Flasche Wein und ging mit den Worten: „Kommt, Mädels, hier stinkts nach Arroganz", zum Tresen, um zu bezahlen. Die beiden Frauen folgten ihm kichernd.

Die Streifenwagenbesatzung kam nach einer halben Ewigkeit am Unfallort an. Das Bild, was sich am Iduna Zentrum bot, war chaotisch.

Ein alter Kombi, vermutlich ein Passat, war fast vollständig ausgebrannt, als er an einem Gedenkstein zum Stehen gekommen war, der auf dem Grünstreifen stand, der sich neben dem Fußweg vor diesem hässlichen Hochhaus befand. Der Aufprall hatte auch noch die Metallfiguren aus ihrer Verankerung gerissen, welche sich direkt neben dem Stein befanden. Unter dem Wagen schauten zwei Beine hervor, deren Füße in Cowboystiefeln aus Schlangenleder steckten.

Hektisch holte einer der zwei Polizisten einen Feuerlöscher aus dem Streifenwagen und versuchte mit mehreren Sprühstößen, das Feuer unter Kontrolle zu bringen. Seine Kollegin verständigte über Funk die Feuerwehr und einen Rettungswagen.

„Meinste, den brauchen wir noch, Jutta?", meinte ihr Kollege, als er den leeren Löscher unverrichteter Dinge abstellte. Das Szenario war konfus und mittlerweile hatten sich auch noch jede Menge Schaulustiger eingefunden, die das Geschehen mit ihren Smartphones festhielten.

„Das gibt es doch nicht!", fing Juttas Kollege Karl an zu fluchen, „ich versuche mal, die Idioten hier weg-zuscheuchen. Ruf bitte Verstärkung."

Jutta setzte nochmals einen Funkspruch ab, als sie die zwei jungen Frauen bemerkte, die völlig aufgelöst weinend auf dem Bordstein saßen. Eine von ihnen schien verletzt zu sein, augenscheinlich an den Knien, die bluteten, und zusätzlich hielt sie sich ihren linken Oberarm.

Als Jutta sich näherte, deutete die Unverletzte in Richtung Innenstadt.

„Da ist er hingerannt! Erst hat der ihn eiskalt überfahren, dann sein Auto mit Benzin übergossen und angezündet!"

„Können sie den Mann beschreiben?"

„Ja, ich glaube schon, es ging alles so schnell."

Inzwischen waren Feuerwehr, Rettungswagen und die Verstärkung eingetroffen. Jutta ging zu ihren Kollegen.

„Wir müssen eine Fahndung rausgeben. Hier ist die Personenbeschreibung. Der Flüchtige ist in Richtung Innenstadt und dann auf den Wall in Richtung Theater gelaufen."

„Also, was ich bis jetzt weiß: Unser Mann hatte eine COPD, eine chronifizierte Hepatitis C und eine Herz-insuffizienz. Um das mal auf den Punkt zu bringen – derjenige, der sich die Mühe gemacht hat, diesen Mann hier zu überfahren, hätte sich das auch sparen können. Das hätte sich in ein paar Wochen ohnehin von selbst erledigt. Ich habe des Weiteren die DNS und die Fingerabdrücke durch die Datenbank laufen lassen, und", Frau Doktor Bremer machte eine kurze Pause, „Volltreffer, unser Mann war mal in den Achtzigern einer der meistgesuchten Männer, die Göttingen zu bieten hatte. Man ist seiner aber nie habhaft geworden.

Er ist von oben bis unten tätowiert, und das nicht gerade kunstvoll, zumindest das, was nach dem Feuer noch zu erkennen war. Die auffälligste Tätowierung war pikanterweise auf seinem Glied, ‚Held der Arbeit' steht da.

Nach meiner Recherche ist das in der ehemaligen DDR eine Auszeichnung gewesen."

Sie musste schmunzeln.

„Ich meine jetzt natürlich nicht, dass man das da tätowiert bekam, damit sie mich nicht falsch verstehen. Diese Auszeichnung erhielten Menschen, die sich in der Tristesse der Planwirtschaft durch besondere Leistungen hervorgetan haben. Ich denke eher, unser Klient hatte da vielleicht Assoziationen seine sexuellen Aktivitäten betreffend. Ansonsten haben wir noch circa achttausend Euro in seiner Hosentasche gefunden. Der genaue Betrag lässt sich nur schätzen, aber wenn wir davon ausgehen, dass die verbrannten Geldscheine ebenfalls Hunderter waren, kommt das ziemlich exakt hin."

Stürmer kratzte sich am Kopf.

„Achtziger Jahre? Vielleicht so um die Wendezeit? Ja, genau," Stürmer nickte, wie um sich selbst zu bestätigen, „da war ich noch neu bei der Polizei. Das war eine heiße Zeit hier in Göttingen. Ich weiß noch genau, als diese Conny überfahren wurde und uns, der Polizei, unterstellt wurde, wir hätten sie förmlich hingerichtet. Das kann sich heute gar keiner mehr vorstellen.

Und wenn ich mich recht erinnere, war dieser Johnny damals ein Teil der autonomen Szene in Göttingen, zumindest bis er untertauchte und später angeblich immer wieder im Dunstkreis der RAF in Erscheinung trat. Die sind ja immer zwischen Osten und Westen hin und her, als hätte es den eisernen Vorhang damals gar nicht gegeben."

„Ja, der Herr Kommissar Stürmer erzählt wieder mal vom Krieg", sagte Frau Doktor Bremer lächelnd, „was haben wir jüngeren Menschen nicht alles verpasst in den wilden

Achtzigern. Apropos wild, dieser Johnny hatte Heroin im Blut, genauer den Ersatzstoff L-Polamidon, des Weiteren Cristal Meth, und zugeraucht war er auch bis in die sprichwörtlichen Haarspitzen. Ach, übrigens, der Held der Arbeit hatte diese allerdings wahrscheinlich schon länger verweigert. Nach Aussage der zwei Frauen, die ihn begleiteten, beide von einem Escortservice, war da tote Hose, so sehr sie sich auch bemüht hätten."

Stürmer schaute seine junge Kollegin aus der Pathologie lächelnd an. Ihr schien offenbar gar nichts peinlich zu sein. Aber wer den ganzen Tag Leichen aufschneidet …

„Gibt es von diesen Escortdamen noch mehr an Aussagen, oder war das schon alles?", fragte Stürmer.

„Nein, natürlich hat der Streifendienst nach dem Unfall alles protokolliert. Die beiden waren ganz schön durch den Wind. Die eine hatte sich durch einen Sprung retten können, gerade so, und die andere hat alles genau mitangesehen. Eigentlich waren die auf dem Weg ins Alpengaudi zum Abzappeln."

„Ab – was?", hakte Stürmer verständnislos nach.

„Ach ja, ich vergaß", Doktor Bremer lachte, „also, die Herrschaften wollten noch zu später Stunde das Tanzbein schwingen, Party machen. Der Kerl hat nach Aussage der beiden mit der Kohle nur so um sich geschmissen, in ein paar Tagen sahne ich so richtig ab, hatte er wohl öfter geprahlt, dann wolle er nach Thailand abhauen." Frau Doktor Bremer lachte wieder auf ihre ganz besondere Art. „Tote Hose, fliegt nach Thailand, ist das nicht lustig?"

Stürmer fand das gar nicht mehr lustig. Rein altersmäßig hätte auch er da auf dem Tisch liegen können, das schien die junge Kollegin aber wenig zu stören. Die Sorgen eines

Menschen, der sich der Sechzig näherte, waren ihr verständlicherweise völlig fremd.

Dieter hatte den Roboter in dem Schacht so platziert, dass er nicht gleich an der ersten Ecke hängenbleiben würde, und rief nun zu Klaus, er solle noch ein Stück Schnur nachgeben, welche er nach der Biegung in Schlaufen legte, so dass zumindest der Gang für das Gerät ohne Schwierigkeiten zu bewältigen sein würde.

Durch die massive Präsenz in den Medien, die schon seit Tagen versuchte, mit dem Pesttoten Quote zu generieren, war der Schacht des Hobbyarchäologen zur Chefsache erklärt worden, so dass es kein Problem war, diesen Kanalroboter zweckentfremdet einzusetzen.

So, nun musste es klappen. Dieter kroch rückwärts auf allen Vieren aus dem Loch und stellte sich neben Klaus, der sich mit dem Bedienhandbuch beschäftigte, das die Kollegen von der Kanalreinigung trotz Einweisung wohlweislich mitgegeben hatten.

„Was für 'n Scheiß!", schimpfte dieser vor sich hin, bevor er, wahrscheinlich zufällig, ein Bild auf den Monitor bekam.

„Geil", Dieter war begeistert, der Schacht war jetzt hell ausgeleuchtet und sah viel größer aus als in Natur.

Und wie durch Zufall bekam Klaus durch die Bewegung des Joysticks das Gerät auch noch zum Laufen. Der Roboter passierte die ersten Meter problemlos, doch dann kam er an einem umgekippten Holzstück zum Stehen. Er war halt für runde Schächte gebaut und nicht für halb eingestürzte, mittelalterliche Gänge.

„Mist!", Klaus klopfte sich auf den Oberschenkel, „da kommen wir nicht dran vorbei."

Dieter nickte zustimmend: „Sieht ganz so aus, aber, was meinst du, können wir uns zumindest noch weiter ranzoomen?"

„Okay, ich versuch's."

„Was ist denn das?", Dieter runzelte die Stirn, „kommst'e da noch etwas näher ran?"

Klaus versuchte mit ungelenken Bewegungen des Joysticks, das Bild schärfer und größer zu bekommen.

„Ich glaube, besser kriegen wir das nicht."

Beide standen staunend vor dem Monitor.

„Auf jeden Fall geht es da irgendwie weiter, oder was meinst du?"

„Sieht so aus", stimmte Dieter zu, „geh mal auf Speichern. Schau mal, das sieht aus wie ein Rohr, oder sogar zwei, da, gleich dahinter ist doch noch eins."

„Stimmt", Klaus nickte, „und da liegen Scherben, Glasscherben oder, was denkst du?"

Dieter betrachtete gedankenverloren seinen Schutzanzug und entdeckte dabei einen Riss im Ärmel. Er war außerstande zu antworten. Ein Schauer schoss durch seinen Körper, und dann kam die Panik.

„Magnifique", Simond betrachtete begeistert diesen stählernen Fisch, der mit seinen gläsernen Bullaugen und den mittels Mechaniken angetriebenen Flossen so aussah wie ein U-Boot, das der Fantasie eines Jules Verne entsprungen sein könnte. Aber auch der Rest des Platzes mit seinen skurrilen Figuren nebst dem alten

Feuerwehrhaus, dessen Turm bei der Umgestaltung ein Gesicht bekommen hatte und mit dem Rest des Gebäudes zu einem einzigartigen Puppentheater, dem „Theater der Nacht" mutiert war, wirkte sehr fantasievoll.

„Noch nie was gehört von diesem Northeim", sagte er zu Moulin und Renard, „obwohl sich dieses Ensemble auch gut neben dem Pompidou in Paris machen würde."

Viel hatten sie recherchiert über diesen Ort Brunhagen und die alte Burgruine. Die Ermittlungsakte zu dem Fall mit der alten Frau war mehr als dürftig, weshalb sie sich zumindest ein Bild machen wollten, ob die Fälle mit der Pest von damals und von heute zusammenhängen konnten. Ein Ermittlungsansatz war die Archäologie, welche die in Brunhagen verstorbene Frau vor ihrer Pension mal gelehrt hatte und die der Tote des aktuellen Falles hobbymäßig betrieben hatte. Auch der Bauer, der damals geholfen hatte, die Leiche der Frau mit seinem Traktor zu transportieren, sollte heute noch leben. Soweit sie erfahren hatten, war der Leichenwagen den steilen Burgberg nicht heraufgekommen und deshalb auf die pragmatische Hilfe des Eigentümers angewiesen gewesen.

„Nun gut", Renard trommelte mit den Fingern auf seinen Oberschenkel, „was wollen wir denn eigentlich hier?"

„Ach, entschuldige bitte", sagte Simond lächelnd, „habe ich gar nicht erwähnt. Die Bedienung gestern Abend hatte, als ich sie fragte, was sich denn lohnen würde, anzuschauen, mit leuchtenden Augen von diesem Theater geschwärmt. Der Ort hier hat mich ganz einfach interessiert, zum Beispiel diese große Kirche neben uns, die eigentlich für diese kleine Stadt völlig überdimensioniert ist, steht nur hier, weil es damals, als sie gebaut wurde,

Brunhagen in unmittelbarer Nähe gab. Des Weiteren sollte hier noch ein Münster gebaut werden, um den Bischofssitz in die Stadt zu verlegen. Ein Platz trägt zumindest schon den Namen, dort stand auch ein Kloster, welches in den Siebzigern abgerissen wurde, um ein Einkaufszentrum zu errichten. Bei Bauarbeiten an diesem ‚Theater der Nacht' wurden in den angrenzenden Wallanlagen auch vor kurzem noch unbekannte Gänge gefunden."

„Irgendwie gibt es viele Gleichungen, aber noch mehr Unbekanntes", stellte Moulin fest.

„Kommt, lasst uns noch einen Kaffee trinken, bevor wir losfahren", Simond steuerte auf das Theater zu. Beim Betreten viel ihm sofort Gryuère in der Schweiz ein, wo sie auf dem Weg zu ihrem letzten Fall Station gemacht hatten, um sich das H. R. Giger Museum nebst angeschlossener Gaststätte anzuschauen. Wahrscheinlich hatte sich einer der Erbauer hier in Northeim von diesem Künstler inspirieren lassen. Er bestellte drei Espressi, und als sie kurz darauf aufbrechen wollten, erhielt Moulin einen Anruf.

„Brunhagen muss warten, wir müssen nach Göttingen. Grundler hat angerufen."

Während sie zu ihrem Wagen gingen, brachte Moulin seine Kollegen auf den neuesten Stand.

„Die haben einen Hinweis vom BKA bekommen, dass dieser Erich Lehmann wieder aufgetaucht ist im Zusammenhang mit einem Autounfall mit Todesfolge. Er war mutmaßlich der Verursacher und ist geflüchtet. Doch diesmal ist nicht nur eine Personenbeschreibung vor-handen, die der Aussage von Bernd Hausmann ähnelt, als er in Hamburg von einem Typen aus dem Auto mit seinem früheren Namen angesprochen wurde. Es gibt auch noch ein Video von dem Unfall nebst Flucht. Derjenige, der das gefilmt hat, hatte sich erst später auf Druck seiner Kollegin gemeldet, mit der er zusammen am Alpengaudi war. Die war mit ihm gemeinsam kurz auf dem Video zu sehen, was sich nicht gut macht, wenn man verheiratet ist und angeblich auf Dienstreise."

Renard und Simond mussten schmunzeln.

„Aber das Entscheidende, man hat das Gesicht des Unfallverursachers durch die biometrischen Datenbanken laufen lassen, und siehe da, Volltreffer. Aber auch der Unfallwagen war identisch mit dem, den Hausmann dem BKA beschrieben hatte. Ein alter brauner Kombi. Der Wagen in Göttingen ist zwar fast vollständig ausgebrannt, aber an der Heckklappe war noch etwas Farbe zu erkennen."

Simond kraulte seinen nicht mehr vorhandenen Ziegenbart, eine Marotte, die er sich seit seiner Typveränderung noch nicht vollständig abgewöhnt hatte, vor allem, wenn er in Gedanken war. „Merde, da ist wahrscheinlich doch was dran. Dieser Lehmann taucht doch nicht zufällig in Göttingen auf!"

„Dass er in Hamburg vor Ort war, ist demzufolge höchstwahrscheinlich auch kein Zufall gewesen", gab Moulin zu bedenken.

„Gut", sagte Renard, der einfach nur froh war, wieder arbeiten zu können, „dann schauen wir uns das Opfer mal genauer an. Vielleicht haben wir dann schon eine erste Spur. Nach Brunhagen müssen wir aber trotz allem noch fahren, ebenso wie auf die Burg Plesse."

Sie stiegen ins Auto und fuhren nach Göttingen. Ihre erste Anlaufstelle war die Gerichtsmedizin, wo Grundler sie schon angemeldet hatte. Sie waren dort mit dem ermittelnden Kommissar verabredet.

Dieter hatte die ganze Nacht nicht geschlafen. Der Riss in seinem Schutzanzug ließ sein fragiles Nervenkostüm nicht zur Ruhe kommen. Die Pest, der Schacht, der tote Hobbyarchäologe, und nun sein defekter Schutzanzug. Alles hatte sich doch ändern sollen, die neue Wohnung, der große Garten, der neue Job, alles war darauf ausgelegt, endlich zur Ruhe zu finden. Und nun musste er feststellen, alles war für umsonst gewesen. Sein Bruder hatte ihm noch mit auf den Weg gegeben: „Egal wie oft du umziehst, deine Probleme nimmst du immer mit."
Sein Bruder durfte nicht Recht behalten, das war Dieter in seiner Gedankenspirale, die in der Nacht auf Hochtouren lief, das Wichtigste, und kurz bevor die Sonne aufging, kam ihm die zündende Idee.
Er hatte vor ein paar Tagen zufällig Georg wiedergetroffen, einen Freund aus der Kindheit, sie hatten sich gut unterhalten und Telefonnummern ausgetauscht. Damals, nach der Schulzeit, hatten sie sich aus den Augen verloren. Georg hatte studiert und war heute freier Journalist. Bis jetzt war das Gelände um die Burg Plesse abgesperrt und der Zugang zu dem Schacht geheim, mal sehen, was einem Journalisten diese Informationen wert waren. Zumindest seine Geldprobleme könnte er so vielleicht lösen, er musste sich noch heute unbedingt mit Georg treffen.
Dieter fühlte sich völlig fit, obwohl er keine Minute geschlafen hatte. Er ging zum Telefon, um sich krank zu melden.

Frau Doktor Bremer lief zu Höchsttouren auf. Kommissar Stürmer kam sich vor, als wäre er völlig überflüssig, ja unsichtbar. Die französischen Kollegen hingen der Frau Doktor förmlich an den Lippen, als sie mit ihrem anscheinend tadellosen Französisch den Kollegen von Europol den Sachverhalt darlegte. Nach der Begrüßung war er abgemeldet, und Frau Doktor hatte den ein oder anderen Blickkontakt zu ihm genutzt, um ihm auch ohne Worte klarzumachen, dass sie alles im Griff habe.

Doch einer der Kommissare, der sich als Simond vorgestellt hatte, drehte sich zu Stürmer um, schien eine Weile nach den passenden Worten zu suchen, um ihn dann mit französischem Akzent auf Deutsch anzusprechen.

„Ich habe erfahren, Sie sind damals als Polizist dabei gewesen, in dieser unruhigen Zeit in Göttingen. Ich glaube, ich hatte in dieser Zeit schon einmal Kontakt zu unserem Unfallopfer Johnny."

Stürmer staunte, blickte Simond fragend an, doch bevor er etwas sagen konnte, redete dieser langsam weiter.

„Damals in Göttingen, es gab noch einen Herrn Tretmien oder so ähnlich, der Vorname Jörg oder Jürgen, glaube ich. Sicherlich wundern Sie sich jetzt, aber ich war jemand, der dieser Szene sehr nahestand. Damals war ich Gründungsmitglied der Grünen in Frankreich. "

Stürmer runzelte die Stirn, dieser Simond, ein Grüner? Sein Maßanzug war mit Sicherheit sehr teuer gewesen, und vor dem Gebäude stand ein Porsche mit französischem Kennzeichen. Doch eigentlich, wenn er die Wandlung von Joschka Fischer so bedachte, obwohl der in solch einen

66

Anzug gar nicht mehr reinpassen würde. Und dieser neue Grüne, Anton Hofreiter, über den wollte er jetzt gar nicht weiter nachdenken, na, zumindest einen Friseurtermin würde er ihm schon gerne besorgen, dass dieser endlich mal einen anderen Haarschnitt als seine Großmutter bekommen würde.

Moulin und Renard hörten gespannt den Ausführungen der jungen attraktiven Ärztin zu, trotzdem war Renard anzumerken, dass er nicht viel Neues erfahren hatte. Zu sehr signalisierte sein Blick, der in die Ferne zu schweifen schien, obwohl sie sich im Keller der Pathologie befanden, dass die ganzen Informationen, die er in nächtelanger Recherchearbeit während seiner Zeit als Berater zusammengetragen hatte, noch kein Gesamtbild ergaben. Aber Renard wusste, dass diese Organisation, und als solches musste man diese Leute ohne Zweifel bezeichnen, nichts ohne Grund tat. Er wusste, was sie zu tun hatten.

Sie mussten sich mit den Vorfällen in Göttingen in den achtziger Jahren beschäftigen, die, vielleicht auch nur zufällig, zur gleichen Zeit stattgefunden oder zumindest ihren Ursprung hatten, wie diese Kommandoaktion „Blaues Band", die ihren Ausgangsort in Augustusburg und Leipzig hatte, der Stadt, die für den Anfang vom Ende der DDR stand.

Er blickte zu Simond, der höchstwahrscheinlich die gleiche Idee hatte.

Georg trommelte nervös auf den Tisch. Er hatte im Kronencafé sein Frühstück bestellt und schaute zum Eingang. Noch wusste er nicht, was er davon halten sollte.

Dieter hatte ihn angerufen, der „schwermütige Dieter", wie sie ihn in der Schule immer genannt hatten, zumindest die, die ihm wohlgesonnen waren. Die anderen hatten gemeint, er hätte eine Vollklatsche.

Als er ihn vor ein paar Tagen wiedergetroffen hatte, musste er schon eine halbe Ewigkeit nachdenken, bis ihm wieder einfiel, woher er Dieter kannte. Kein Wunder, bei dieser Wandlung Dieters vom Grufti mit permanenter Weltuntergangsstimmung, weiß geschminktem Gesicht und schwarzen Lippen, hin zum geschorenen Glatzenträger mit Dreitagebart.

Solche Erkennungsschwierigkeiten schien Dieter überhaupt nicht gehabt zu haben, wie auch, Georg hatte sich, naja, bis auf den Bauchumfang, kaum verändert. Er war seinem Stil treu geblieben, auch wenn er die letzte Zeit schon etwas farbenfroher unterwegs war, was seine Klamotten betraf.

Nun hatte Dieter ein riesiges Geheimnis aus dem gemacht, was er ihm erzählen wollte. Früher hatte Dieter einen Dauerblues, und heute hatte er am Telefon total euphorisiert gewirkt, einzig an seiner Stimme war zu erkennen, dass es der gleiche Dieter von damals war.

Georg war gespannt. Er hatte gestern die erste Stadtführung „Göttinger Untergrund" allein veranstaltet und es war ein voller Erfolg gewesen. Die Menschen hatten an seinen Lippen geklebt, der ganze Nachmittag war Balsam für seine Seele. Als Journalist entsorgt, hatte er sich in einer Studentenkneipe jobbend über Wasser gehalten. Jetzt hatte er was Handfestes bei der Stadt, und nun wollte ihn Dieter unbedingt treffen.

„Du hast doch erzählt, dass du mal Journalismus studiert hast", hatte dieser das Telefonat begonnen, das Georg am frühen Morgen schlaftrunken entgegengenommen hatte. Doch mit mehr hatte der nicht rausrücken wollen.

„Nicht am Telefon", hatte Dieter noch als Begründung, als handele es sich um eine Weltverschwörung, der er auf der Spur war.

Georg hatte ein zwiegespaltenes Gefühl, was dieses Treffen anging, gelinde gesagt war Dieter nicht der Hellste gewesen und hatte damals in der Schule schon immer viel Mist rausgehauen. Allerdings hatte er bei ihrer letzten zufälligen Begegnung auch erwähnt, dass er jetzt beim Technischen Hilfswerk arbeite und an der Aufklärung des Pestfalles mitwirke.

Na ja, wenn der so früh am Morgen anruft, ist es ja vielleicht doch wichtig, dachte sich Georg.

Er sah, wie die Bedienung mit seinem Frühstück kam, dass er schon voller Vorfreude erwartete, und just in diesem Moment traf auch Dieter ein.

Dieser hatte wieder tiefe Augenringe, wie zu seiner besten Gruftizeit, und schaute wie ein scheues Reh um sich, bis er erleichtert Georg erblickte. Dann beschleunigte er derart seinen Gang, dass er fast die Kellnerin mit Georgs Frühstück umrannte. Diese schaute Dieter befremdlich an, nachdem sie gekonnt ihr schaukelndes Tablett austariert hatte.

Ohne Begrüßung setzte sich Dieter und begann hastig zu erzählen: „Ich hab' da was, das dich bestimmt interessiert!"

Simond und Renard saßen recht übernächtigt am Frühstückstisch des historischen Hotels inmitten der beschaulichen Innenstadt Northeims, einzig Moulin hatte den Morgen schon mit einer Runde Jogging begonnen und schaute seine Kollegen etwas verwundert an.

„Habt ihr gestern noch lange recherchiert?", fragte er eigentlich nur pro forma, denn er hatte sich aus der abendlichen Runde im Kaminzimmer, als sie sich über eine sichere Leitung über den Europolserver eingeloggt hatten, frühzeitig verabschiedet, und ihm war durchaus klar, dass die beiden sich die halbe Nacht mit dem Rechner beschäftigt hatten.

Moulin hatte über die Jahre seine eigene Art entwickelt, neue Erkenntnisse und Fakten für sich zu ordnen und zu analysieren. Er, der als junger Ermittler in Marseille mit seiner zwanghaften Art seine Kollegen genervt hatte, war gereift. Er hatte sich selbst am meisten im Weg gestanden, am Anfang seiner Karriere, und hätte es selbst nie für möglich gehalten, dass er mal so relaxt sein könnte wie heute.

Das ganze Gegenteil war mit Simond passiert. Der einstige Althippie, Gründungsmitglied der französischen Grünen, mit Rastazöpfen, langem Ziegenbart und rostigem Wellblech Citroën, war zum Porschefahrer mit Maßanzug mutiert, der auch noch, zu Moulins Leidwesen, angefangen hatte, Standards auszuarbeiten, die im Umgang mit „Der Organisation" – mittlerweile tendierten alle drei zu dieser Bezeichnung, die sie den Überbleibseln der DDR Staatssicherheit, mehr unterbewusst, gegeben hatten – wichtig waren.

Moulin würde jetzt nicht so weit gehen, dass ihm die Entwicklung Simonds Kopfschmerzen bereitete, doch er konnte sich noch genau daran erinnern, wie unbeliebt ihn seinerzeit in Marseille sein eigenes Bestreben gemacht hatte, mit derartigen Standards die Polizeiarbeit zu erleichtern. Aber, sie waren als Team zusammengewachsen, ergänzten sich hervorragend, und durch die Rückkehr Renards fühlte sich alles komplett an.

„Setz dich erst mal", begrüßte ihn Renard und Simond nickte zustimmend, als ahnte er, was Moulin gerade durch den Kopf ging.

„Was habt ihr denn herausgefunden?", fragte Moulin interessiert und winkte der Kellnerin, um sich einen Kaffee zu bestellen.

„Das ergibt alles irgendwie keinen Sinn", begann Simond, „Diese Conny, in deren Denkmal mutmaßlich Erich Lehmann gefahren ist, um Johnny zu töten, war zur Ikone der linken Bewegung stilisiert worden, quasi als Märtyrerin, ohne vorher in dieser Szene großartig in Erscheinung getreten zu sein. Also sozusagen wörtlich eine Mitläuferin, die auf der Flucht vor der Polizei das Pech hatte, auf einer vielbefahrenen Straße überfahren zu werden."

„Nun", fuhr Simond fort, „dieser Johnny, auch zu dieser Zeit in Göttingen aktiv, vor der Wende wurde ihm sogar eine Mitgliedschaft in der RAF unterstellt, dieser Typ war mit ziemlicher Sicherheit ein ganz anderes Kaliber. Fast zweifelsfrei ist, dass er, als er mit Haftbefehl gesucht wurde, in der DDR abgetaucht war, um später unbehelligt wieder aufzutauchen. Er war einer der Organisatoren der ersten Unruhen in Göttingen. Warum wurde es nach dem Tod Connys ruhig um seine Person? Nichts mehr von Relevanz. Und jetzt ist er tot, an der gleichen Stelle überrollt wie Conny. Überfahren von einem Mitglied einer ehemaligen Spezialeinheit der DDR, dem Wachregiment ‚Feliks Dzierzynski' – Zufall? Eher weniger."

Simond schüttelte den Kopf und nahm einen Schluck Kaffee.

„Mordwaffe Auto – das führt uns zu Bernd Hausmann, der im Zeugenschutzprogramm gegen die Organisation ausgesagt hatte. Gehen wir mal davon aus, dass der ebenfalls eliminiert wurde, alles spricht dafür, auch dessen zufällige Begegnung mit Lehmann vor Hausmanns Tod. Dass der ehemalige Cleaner des Wachregiments jetzt Liquidierungen übernimmt?"

„Durchaus möglich", nickte Moulin.

„Ich würde sogar sagen, sehr wahrscheinlich", warf Renard als Fazit ein.

„Nun die Verknüpfung zum aktuellen Fall, ein multi-resistenter Pesterreger, der in Göttingen und Umgebung auftaucht – und die Organisation wird hier tätig. Zufall? Was ist nach der Wende mit den ganzen Biowaffen geschehen?"

„Ich glaube ja, der Kommandoeinsatz ‚Blaues Band' ist der Schlüssel zu allem", fuhr Renard nun fort. „Die erwähnten Burgen in diesen zum Teil unwiederbringlich zerstörten Akten waren alle im ehemaligen Zonenrandgebiet, wie es verächtlich im Westen genannt wurde. Mit Förderprogrammen versuchte man damals, die Menschen daran zu hindern, von dort wegzuziehen, beispielsweise auch durch Industrieansiedlungen, günstige Baukredite und Ähnliches, aber ich schweife vom Thema ab."

Renard ließ sich einen Kaffee nachschenken und fuhr dann fort.

„Wie gesagt, alle Burgen befanden sich in diesem Gebiet, außer eine, besagte Augustusburg, ziemlich weit ostwärts gelegen. Der Name täuscht, es handelt sich hierbei nicht um eine Burg, sondern um einen Ort. Dessen Schlossanlagen wurden für den konterrevolutionären Notfall als Internierungslager für Oppositionelle ausgebaut, vor allem die Gruften und Kelleranlagen. Und, so weit erkennbar, hat die Stasi im Vorfeld akribisch sämtliche Flucht- und Versteckmöglichkeiten in der Gegend versucht zu beseitigen. Mit diesem, zynisch auch ‚Vorsorgekomplex' genannten Lager, Deckname ‚Gitter I', wurde für den Tag X Platz für etwa sechstausend Menschen geschaffen. Erich Mielke hielt das Unternehmen jedoch für Blödsinn, er sagte wortwörtlich: ‚Alles Käse, Genossen! Alle hinrichten, wenn notwendig auch ohne Gerichtsurteil!'"

Er hielt inne, eine nachdenkliche Stimmung machte sich breit. Dann ergriff Simond wieder das Wort.

„Zu dem Begriff ‚Blaues Band' habe ich recherchiert und Folgendes gefunden", er griff zu seinen Aufzeichnungen und las vor.

„Die Riege der Turner. Internierung führender Mitglieder der Freimaurerloge Leipzig in den Vorsorgekomplexen Gitter I und Gitter XIII", er legte das Papier zur Seite und blickte in Moulins staunendes Gesicht.

„Gitter Eins war bekanntlich das Schloss in Augustusburg, Gitter Dreizehn, und jetzt kommts", er machte eine kleine Pause, „Schloss Seeburg in der Nähe von Schraplau."

„Das Schraplau aus unserem Fall ‚Katzengold'?", fragte Moulin ungläubig nach.

„Ja, genau", bestätigte auch Renard.

„Daraufhin habe ich mir noch mal die alte Akte vorgenommen. Wisst ihr noch, der Erdfall in der Nähe der Seeburg, die angeblichen unterirdischen Verbindungen zur Burg in Schraplau? Und wem hatte dort mal das Schützenhaus gehört? Friedrich dem Zweiten, einem Freimaurer!"

Moulin war beeindruckt.

„Nun zu meinen weiteren Recherchen", fuhr Renard jetzt fort. „Blaues Band, wahrscheinlich das Zeichen der Leipziger Loge, weil sie bei ihren Treffen in einer Gaststätte immer einen Strauß Blumen, genauer drei Rosen, mit einem blauen Band gebunden, und eine hellblaue Kerze aufgestellt hatten, so eine Art Erkennungszeichen, da die anderen Zeichen verboten waren oder sich paradoxerweise in der Fahne der DDR wiederfanden. Laut meinen Nachforschungen wurden die Freimaurer in der DDR nicht wirklich verfolgt. Sie durften ihren Bund nicht öffentlich zur Schau stellen, waren deshalb als Turnerriege geduldet, aber unter Beobachtung. Umso merkwürdiger war daher die Internierung einiger Mitglieder. Weiter sind wir noch nicht", sagte er dann mit den Schultern zuckend, und Simond nickte zustimmend.

„Okay", Moulin hatte die Stirn zu tiefen Falten gerunzelt, „und wie soll das alles zu unserem Fall passen?"

„Keine Ahnung", erwiderte Renard und zuckte wieder mit den Schultern.

„Lasst uns heute erst mal nach Brunhagen fahren."

„Ihr Frühstück!", sagte die Kellnerin etwas genervt zu Georg, als sie versuchte, ihm dieses auf den Tisch zu stellen. Dieter hatte sich in seiner verpeilten Art einen Stuhl vom Nachbartisch geschnappt, obwohl an Georgs Tisch alle Plätze frei waren, und wie selbstverständlich in den Gang gestellt, welcher zum Servieren frei bleiben musste. In der Szenekneipe, in der Georg übergangsweise gearbeitet hatte, wäre solch ein Verhalten wahrscheinlich als völlig normal akzeptiert worden, jeder versuchte jeden an Lässigkeit zu überbieten, das normale Verhalten in diesen Kreisen. Doch hier?

„Entschuldigung, könnten Sie bitte den Gang frei lassen, ich komme sonst nicht an Ihren Tisch!"

Dieter fühlte sich erst angesprochen, als Georg ihn anstupste, und reagierte auch peinlich zeitverzögert, indem er den Stuhl zurückstellte und sich zu Georg an den Tisch setzte.

„Kann ich Ihnen auch etwas bringen?", fragte die Kellnerin.

„Erst mal nicht", antwortete Dieter, den Georg so nicht mal aus dessen verpeiltesten Zeiten kannte.

„Fünftausend Euro!", platzte Dieter dann heraus und schaute euphorisch in Georgs verwundertes Gesicht.

Georg dachte nach. Normale Maßstäbe hatte man bei Dieter noch nie erwarten können, doch heute, das übertraf alles, was Georg erinnerte und doch irgendwie erwartet hatte.

„Pass mal auf", begann er deshalb betont gelassen, „ich frühstücke jetzt erst mal in Ruhe und du fängst von vorne an zu erzählen, was genau du für mich hast und was du von mir erwartest."

Dieter schaute so, als hätte er diese Aufforderung gebraucht, um seine Gedanken zu sortieren und begann nach einer kurzen Pause zu sprechen.

„Ich weiß, wo sich dieser Hobbyarchäologe wahrscheinlich rumgetrieben hat, bevor er sich mit der Pest angesteckt hat. Nicht für umsonst sollten wir diesen Schacht erkunden. Also, wir haben dafür sogar so 'nen Roboter gekommen, weil der Gang so eng ist. Und ich habe ein Bild. Da ist was drin, so Technikkram, und der passt nicht in die Zeit, aus der der Gang stammt. Verstehst du?"

Georg versuchte, die sparsamen Aussagen Dieters möglichst regungslos in seinem Kopf zu ordnen. Alte Gänge, hatte sein Vater nicht einmal erzählt, dass Kowalke, der mutmaßliche IM aus Angerstein, auch nach alten Gängen in der Nähe von Burg Plesse gesucht hatte, bevor er verschwunden war?

Ihm lief ein Schauer über den Rücken. Er wusste aus seiner langjährigen Erfahrung als Journalist, dass an jedem hartnäckigen Gerücht meist auch was dran war. Doch leider konnte sich sein demenzkranker Vater nicht mehr an seine Aussage erinnern, als er letztens nachgefragt hatte. Und jetzt kam Dieter mit dieser Story.

War bei Kowalke doch was dran an den Gerüchten, dass Angerstein als Dorf nur hatte flüchten können, um Kowalke, den Archäologen, mit perfekter Legende im Westen zu platzieren? Hatte dieser sich dann wieder in den Osten abgesetzt, nachdem er das herausgefunden hatte, was man ihm als Auftrag erteilt hatte?

Georg versuchte, extrem lässig zu wirken und sich seine Aufregung nicht anmerken zu lassen.

„Fünftausend Euro willst du? Und für was genau?", fragte er Dieter.

„Für das Foto, und ich zeig dir, wo der Gang ist."

„Klingt interessant", sagte Georg langsam mit dem lässigsten Pokerface, das er zu bieten hatte, „aber fünftausend, das ist nicht dein Ernst. Ich bin nicht Axel Springer."

„Axel, wer?", fragte Dieter und zog die Augenbrauen hoch.

„Magnifique", Simond schaute begeistert auf den sich vor ihnen auftürmenden Berg und die unterhalb gelegene Streuobstwiese, um kurz darauf erschrocken eine Vollbremsung hinzulegen, weil vor ihm ein Reh über die Fahrbahn flitzte.

„Was war das denn?", fragte er, mehr an sich selbst gerichtet, dann startete er erneut den Motor, den er bei dem abrupten Ausweichmanöver abgewürgt hatte. Wie um seine Frage endgültig zu beantworten, kam noch ein Nachzügler den Berg heruntergerannt, blieb kurz vor dem Wagen stehen, als wolle es ungläubig fragen: „Warum bleibst du denn stehen?", um wenig später weiterzulaufen.

„Ich glaube, wir sind gleich da", stellte Simond fest und fuhr wieder los.

„Irgendwie ein mystischer Flecken Erde", dachte sich auch Renard, „kein Wunder, dass die Mächtigen aus längst vergangenen Tagen sich einst hier niederließen." Er hatte natürlich akribisch recherchiert, welche Bedeutung diese Burg einstmals besessen hatte, wenn sie auch in den geschredderten Unterlagen der Stasi nichts über diesen Ort gefunden hatten. Er betrachtete ausgiebig die Umgebung, was leichter wurde, da Simond nach seinem Beinahe-Wildkontakt die Geschwindigkeit deutlich reduziert hatte.

Als sie an einer Kreuzung in eine 180° Kurve einbogen, gelangten sie auf einen großen Hof mit mehreren Gebäuden und einer Menge landwirtschaftlicher Geräte.

„Das soll die Burg sein?", fragte Moulin verwundert.

Simond, der sich nach einem Parkplatz umschaute, klärte ihn auf.

„So weit ich weiß, befand sich diese mal auf dem Berg, von dem aus mir die Rehe vors Auto gelaufen sind. Das alles hier ist aus den Resten der Burganlage errichtet worden oder man hat es einfach vom Berg ins Tal hinunter umgesetzt, nachdem die Festung mehrfach zerstört worden war und nicht mehr gebraucht wurde, da das benachbarte Northeim immer mehr an Bedeutung gewann."

„Interessant, du meinst also da oben", er deutete mit dem Finger auf den Hügel vor ihnen, „wo die alte Feldsteinscheune steht."

„Das wäre möglich", bestätigte Renard, der einen alten Kupferstich zu Rate nahm, das einzige Abbild der Burg, welches er im Netz aufgespürt hatte. Ebenso waren die Informationen, die sich über diesen Ort finden ließen, eher spärlicher Natur, was bei der Bedeutung, die dieser zweifelsfrei im Mittelalter gehabt haben musste, eher verwunderlich war.

Simond hatte endlich einen Parkplatz gefunden und schaute verdutzt zu Moulin.: „Ist dir das auch aufgefallen, der Kleinwagen neben uns hat ein Kennzeichen aus Südfrankreich."

„Wirklich", entgegnete dieser erstaunt, „was für ein Zufall. Kommt, lasst uns mal etwas umsehen."

Neben einem großen Haupthaus aus Fachwerk befanden sich noch mehrere kleine Wohngebäude sowie Zweckbauten und eine große Reithalle, welche der Feldsteinscheune auf dem Berg erstaunlich ähnelte, auf dem Grundstück. Einige Reiterinnen longierten ihre Pferde auf einem in der Mitte des Hofes gelegenen Reitplatz, nicht ohne die Ankömmlinge interessiert zu taxieren.

Ein großer LKW, schwer beladen mit Erde, bog auf den Hof ein und rollte langsam an den dreien vorbei, um kurz darauf den Burgberg hochzufahren. Anscheinend waren dort Erdarbeiten im Gange.

Moulin entdeckte als Erster die alte Frau, die auf einem Stuhl vor dem Haupthaus saß und in einem Buch blätterte, ohne auch nur einen Moment das Geschehen aus ihrem Blick zu verlieren.

„Lasst uns dort einmal fragen", schlug er vor.

„Verzeihung, Madame", sagte Simond „sind Sie der Patron von diesem Hof?"

Moulin bemerkte, dass die Wortwahl die alte Frau etwas verstörte, und versuchte es nun seinerseits: „Die tote Frau in den Achtzigern, Sie erinnern sich?"

Nun wirkte die Frau noch verstörter und antwortete mit einem: „Leider nein", schüttelte dabei den Kopf und schaute verlegen zur Seite, „fragen Sie am besten meinen Mann, der fährt aber gerade Heu, da müssen Sie sich gedulden."

Dann blätterte sie weiter in ihrem Buch.

Renard sah sich in der Zwischenzeit auf dem Hof um. Er versuchte, den alten Kupferstich von der Burg, den er ausgedruckt hatte, mit den Gegebenheiten vor Ort zu vergleichen, doch so sehr er sich auch bemühte, er konnte keine Ähnlichkeiten entdecken. Die Burg schien bis auf die Grundmauern verschwunden zu sein. Eigentlich auch kein Wunder, spätestens nach dem Krieg hatte man vielerorts von solchen Ruinen das Baumaterial illegal beschafft, um den allgegenwärtigen Mangel etwas zu lindern. Das war damals in Frankreich auch nicht anders abgelaufen. Viele historische Ruinen wurden geplündert und sind daraufhin verschwunden, und bevor sich die Natur den Rest zurückeroberte, buddelten noch etliche Schatzsucher und drehten jeden verbliebenen Stein mehrfach um.

Sein Blick schweifte wieder zu der markanten Scheune direkt an der Kuppe des Berges, der mit einem stattlichen Wald bewachsen war. Sie war von Weideflächen umgeben, von dort oben hatte man sicherlich einen hervorragenden Überblick, ja, da könnte der ehemalige Standort der Burg gewesen sein. Und sobald sich seine Fantasie auf diese These eingelassen hatte, waren auch die Linien der Befestigungen und die alten Hohlwege erkennbar.

Und genau diesen langgezogenen Graben schüttete der LKW, der gerade an ihnen vorbeigerollt war, mit Erde zu.

Renard dachte nach, mit ihrem mäßigen Deutsch kamen sie hier anscheinend nur bedingt weiter. Vielleicht könnte der Fahrer des französischen Kleinwagens ihnen ja bei der Übersetzung behilflich sein. Nach der Begegnung mit der alten Frau zweifelte er an der Verständlichkeit ihrer autodidaktisch erworbenen Deutschkenntnisse.

Kommissar Stürmer war, gelinde gesagt, unzufrieden. Seitdem die Franzosen von Europol aufgetaucht waren, war er quasi abgemeldet. Sein Chef hatte ihm einfach ein neues

Eigentumsdelikt hingelegt, welches eine Streife aufgenommen hatte.

„Wahrscheinlich organisierte osteuropäische Banden. Schau da nochmal drüber", hatte er ihn bei der Frühbesprechung angewiesen.

Klar, sein Chef war, wie auch Frau Doktor Bremer, aus einer ganz anderen Zeit. Die Achtziger waren in deren Jugend vielleicht mal durch die Musik zu ihnen durchgedrungen, wenn überhaupt. Stürmer jedoch hatte diese Zeit nie vergessen. Angefangen hatte es mit einem Überfall von Vermummten auf ein Göttinger Lokal, einen Treffpunkt von Skins. Bei dem Versuch der Polizei, die Personalien festzustellen, nachdem man die Gruppen getrennt hatte, passierte es. Einige rannten weg und Conny wurde bei diesem Fluchtversuch überfahren.

Danach hatte eine Gruppe Neonazis aus Northeim es sich zur selbsternannten Aufgabe gemacht, der Polizei zuzuarbeiten, ihr quasi linke Straftäter mit eigenen „Ermittlungen" zu präsentieren. Alle Polizisten waren unter Generalverdacht geraten, der verlängerte Arm dieser Szene zu sein. Er konnte sich noch genau an die Anfeindungen erinnern, denen er und seine Kollegen ausgeliefert waren. Sicher, es hatte auch Kollegen gegeben, die den rechten Ideen durchaus offen gegenüberstanden, doch die Mehrheit war das nicht. Nicht nur er war erstaunt gewesen, mit welcher Präsenz und Organisation die Krawalle nach Connys Tod stattfanden. So kurz nach der Wende wurde vermutet, dass viele „Genossen" aus dem Osten an den Unruhen beteiligt waren. Warum, das konnte sich allerdings niemand vorstellen. Deswegen hatte man in dieser Richtung auch nie ermittelt.

Stürmer nahm die Akte des Eigentumsdeliktes vom Schreibtisch und fing an zu lesen. Die Kollegen von der Streife haben saubere Arbeit geleistet, dachte er sich und legte die Akte zurück auf den Tisch. Da bedurfte es keiner weiteren Ermittlungen.

Er beschloss, ins Archiv zu gehen und sich die Akte „Conny" herauszusuchen. Es konnte doch kein Zufall sein, dass dieser Johnny genau an der gleichen Stelle überfahren wurde. Und wenn doch? Stürmer wusste, dass viele der alten Kollegen diese Zeit am liebsten aus ihrem Gedächtnis streichen würden. Aber so leicht wollte er es sich nicht machen. Vor allem wollte er sich nicht den aktuellen Fall wegnehmen lassen, bloß weil da so ein paar Franzosen von Europol auftauchten.

„Frau Professor!", Regina war zunehmend genervt von dieser VIP-Reiterin mit ihren Sonderwünschen und dem unmissverständlichen Gesichtsausdruck, „hier gebe ich den Ton an, Frau Professor!", versuchte sie nochmals, mit dieser extrovertierten Dame in Kontakt zu kommen.

„Jetzt nicht, Mädchen", entgegnete diese nur schroff.

„Dann eben nicht", dachte sich Regina, legte die Striegelbürste zur Seite und brachte die Stute von Frau Professor zurück in ihre Box. Natürlich nicht, ohne dass sich dieses Tier mal wieder wie eine Diva benahm und sich mehrfach bitten ließ. Zuweilen hatte Regina den Eindruck, dass sich das Verhalten der Besitzer eins zu eins auf ihre Tiere übertrug.

Sie mochte ihre neue Arbeit, aber dieses Rumgezicke, das war manchmal schon sehr anstrengend.

Als das Pferd endlich in der Box stand, bemerkte Regina, was die Aufmerksamkeit der Frau Professor so gebunden hatte, dass sie noch nicht einmal auf die Kontrolle des exakten Pflegeergebnisses und der neuen Einstreu Wert gelegt hatte. Drei Männer mit einem Sportwagen mit französischem Kennzeichen waren auf dem Hof eingetroffen.

„Klar", dachte Regina, „da muss sich Frau Professor gleich wieder in Szene setzen." Sie musste für einen Moment lächeln, doch dann erstarrte sie. Das war doch nicht möglich! Einen Augenblick lang verspürte sie einen übermächtigen Fluchtreflex, doch dann versuchte sie, sich selbst zu beruhigen. Sie hatte ja nichts verbrochen und auch gegen keine Auflagen verstoßen.

Frau Professor sprach die drei an und sie wechselten ein paar Worte, daraufhin schaute sie befremdlich in Reginas Richtung und zeigte auf sie. Die Männer kamen nun auf Regina zu. Man konnte deutlich im Blick der Frau Professor lesen, was sie umtrieb. Drei Männer im Porsche wollten was von einer Pferdemagd? Kurz war sie versucht, den dreien auf dem Weg zu Regina hinterherzulaufen, was Simond mit einem: „Merci, Madame, wir brauchen Sie jetzt nicht mehr", unterband.

Alles, was gerade passierte, erschien Regina absolut surreal. Sie war extra aus Südfrankreich weggegangen, um das Kapitel Ralf in ihrem Leben abzuschließen, und nun kamen diese drei auf sie zu. Zwei von ihnen, da war sie sich hundertprozentig sicher, waren die Polizisten Moulin und Renard aus Marseille. Aber der dritte? Ihr Gehirn arbeitete unter Hochdruck. Nein, den kannte sie nicht. Doch als die drei näherkamen und Regina immer noch wie angewurzelt vor der Box stand, sah sie direkt in die Augen des dritten Mannes.

Das konnte nicht wahr sein, das war doch dieser Simond! Na, der hatte sich aber verändert. Sie spürte, wie sie durch seine Anwesenheit merkwürdigerweise etwas ruhiger wurde. Dieser Simond war immer der verständnisvollste und angenehmste der Kommissare in den Polizeiverhören gewesen.

„Bonjour, Madame", begann Moulin, „können Sie uns vielleicht helfen? Wir bräuchten jemanden, der übersetzen kann."

Moulin zückte seinen Dienstausweis und hielt ihn Regina vor die Nase.

„Wir sind von Europol und hätten ein paar Fragen an die Besitzer dieses Hofes."

Das letzte Wort blieb fast unausgesprochen und zog sich seltsam in die Länge, bevor ein Moment absoluter Stille eintrat. Nur das Pferd hinter ihnen schnaubte in seiner Box.

„Frau Schwartz?", Moulin blickte zu Renard, der ebenfalls grübelnd die Frau betrachtete, die sie gerade um Hilfe bitten wollten.

Simond war der Erste, der die Situation entspannen konnte. Er ging auf Regina zu und streckte ihr die Hand entgegen.

„Regina Schwartz, wenn ich mich recht erinnere? Schön, Sie zu sehen", fuhr er fort. „Ich weiß nicht, ob Sie sich noch an uns erinnern."

Regina gab ihr Zögern auf und reichte nun allen nacheinander die Hand.

„Wie könnte ich Sie vergessen", sagte sie leise, „obwohl ich bis vor ein paar Tagen lange nicht mehr an diese Zeit gedacht habe. Sind Sie wegen mir hier?" Sie schaute Simond nervös an.

„Nein, um Gottes Willen", entgegnete dieser mit einem sympathischen Lächeln, das Regina schon damals an ihm geschätzt hatte.

„Aber weshalb bis vor ein paar Tagen?", hakte Renard nach.

„Ja, weil ich vor ein paar Tagen auch Erich Lehmann hier in Göttingen gesehen habe", antwortete sie.

„Interessant", sagte Simond nachdenklich, „wo denn genau?"

Regina fühlte, wie ihre Nervosität wieder zunahm.

„Ich habe doch die Auflage, Therapie zu machen", sagte sie unsicher, „und im gleichen Haus, wo meine Therapeutin arbeitet, hat eine Etage tiefer auch noch eine Ärztin ihre Praxis, Psychiaterin, glaube ich."

Die drei Kommissare schauten sich fragend an. Ein ehemaliger Stasicleaner und jetzt mutmaßlicher Killer ging zum Psychiater? Nicht, dass er das nicht nötig hätte, höchstwahrscheinlich. Aber die drei kannten sich mittlerweile so gut, dass sie nicht alles aussprechen mussten, was sie beschäftigte. Simond gelang es als Erstem, diese unangenehme Situation für Regina wieder zu entspannen.

„Na gut, Frau Schwatz, dazu hätten wir vielleicht später noch ein paar Fragen, wenn es Ihnen nichts ausmacht. Vorerst würden wir Sie allerdings bitten, uns bei der Übersetzung einiger Fragen an die Hofbesitzer zu helfen."

„Kein Problem", antwortete Regina erleichtert, „momentan ist allerdings nur die alte Chefin da. Der Senior macht gerade Heu. Und die Chefin bringt schon gerne mal was durcheinander."

Kommissar Stürmer kratzte sich nachdenklich am Kopf. Das, was er im Archiv an Akten über den Fall „Conny" bekommen hatte, war mehr als dürftig. Das konnte doch nicht wahr sein! Dieser Verkehrsunfall, unter dem dieser Akt abgelegt worden war, hatte die damaligen ermittelnden Beamten gerade mal zu einem zweiseitigen Bericht veranlasst. Unglaublich. Stürmer schaute sich die Namen der Unterzeichner genauer an. Beide Kollegen waren nicht mehr in Göttingen. Einer der beiden war nach Berlin versetzt worden, angeblich aus privaten Gründen, und der andere? Er überlegte kurz, war der nicht kurz danach aus dem Polizeidienst ausgeschieden? Ziemlich viele Fragen, und als Antwort ganze zwei Seiten. Stürmer wusste, da konnte was nicht stimmen.

Er überlegte, wer war denn aus dieser Zeit noch im Dienst, bestenfalls hier in Göttingen? Das musste sich doch herausfinden lassen. Gut, da war diese besondere Zeit, nach der Wende, und trotz der vielen Menschen, die aus den ostdeutschen Bundesländern über die Grenze kamen, teils zu Besuch, aber auch auf der Suche nach Arbeit und einem neuen Platz zum Leben, war die Kriminalität nicht angestiegen. Außer, Stürmer runzelte die Stirn, als wolle er sich selbst in seiner Feststellung bekräftigen, außer diese Demos und die daraus resultierenden Straßenschlachten. Diese Brutalität hatte alles bisher dagewesene in den Schatten gestellt. Er erinnerte sich an diese Sonderkommission, die herausfinden sollte, wer das alles organisierte und wer die Rädelsführer waren. Da musste er ansetzen. Einen dieser Kollegen musste er kontaktieren. Aber soweit er noch in Erinnerung hatte, waren auch diese Ermittlungen nicht von Erfolg gekrönt gewesen. Bei der generalstabsmäßigen Planung, die diesen Unruhen nachgesagt wurde, waren viele Gerüchte aufgekommen, aber nichts davon beweisbar. Stürmer wusste, dass auch in Hamburg, Bielefeld und Westberlin zur gleichen Zeit Krawalle stattgefunden hatten. Vielleicht konnte er ja dort einen Beamten aus dieser Zeit finden, der heute noch im Dienst war. Doch als er noch überlegte, wen er anrufen konnte, um an Kontakte zu kommen, wurde er plötzlich unsicher. Das konnte auch alles ein einziger Zufall sein. Der Ort, die Zeit Ende der Achtziger und die zwei Toten, die sich auch nicht unbedingt gekannt haben mussten. Aber dagegen sprach, dass diese Beamten von Europol hier waren, die kamen auch nicht einfach mal so nach Göttingen.

Stürmer war auf einmal fest entschlossen. Er war Göttinger und wusste wie kein Zweiter über diese Zeit Bescheid, und er hatte keine Lust, sich einfach ausbooten zu lassen.

Regina war immer noch verstört. Das konnte doch alles nicht wahr sein. Sie hatte Südfrankreich verlassen, um mit ihrem alten Leben abzuschließen und bereit zu sein für ein neues. Weit weg von bekannten Orten, die sie mit ihrer Vergangenheit verknüpfte, und nun stand ihre Vergangenheit wieder vor ihr. Erst lief ihr Erich fast über den Weg und nun auch noch die drei Kommissare aus Marseille.

Nun gut, vielleicht hatte das ja alles einen tieferen Sinn, der sich ihr momentan noch verschloss. Aber eines wusste sie mittlerweile, dass es nämlich wenig Sinn machte, Ereignisse zu verdrängen, denn spätestens im Schlaf hatten diese die Angewohnheit, sie in unregelmäßigen Abständen aufzusuchen, und das ganz unabhängig davon, wo sie sich gerade befand.

Aber jetzt diesen Ort zu verlassen, nur weil hier plötzlich die Kommissare aufgetaucht waren? Das konnte sie für sich schon mal ausschließen.

„Ich glaube, der Chef kommt", sagte sie betont bestimmt, wie um sich selbst Mut zuzusprechen und zeigte auf einen Traktor am Horizont des Burgberges, der mit einem aufgestellten Heuwender diesen herunterfuhr.

Georg hatte unruhig geschlafen. Die ganze Nacht hatten sich seine Gedanken um diesen Kowalke und sein plötzliches Verschwinden gedreht. Damals hatte es ihn nur nebenbei interessiert, was alles geredet wurde. Aber eines hatte sich verfestigt, „Stasi". Damit hatte ihn jeder in Verbindung gebracht, der etwas zu berichten hatte darüber, wie das nun wirklich abgelaufen war, als das ganze Dorf nach Angerstein geflohen war, und danach das Verschwinden Kowalkes. Sein Vater hatte ihn in seiner besseren Zeit, als die Krankheit noch nicht so fortgeschritten war, erzählt, dass dieser Kowalke „Handlungsreisender" war, und das in der DDR. Das war immer die perfekte Legende für Auslandsspione der Staatssicherheit gewesen, wenn Fragen aufkamen, warum jemand so selten zu Hause war. Aber so richtig fragen hatte sich da eh niemand getraut. Weil es jedem klar gewesen war, Kowalke war bei der „Firma". Doch als der dann plötzlich bei den konspirativen Treffen im Saal der Dorfgaststätte aufgetaucht war und euphorisch verkündet hatte: „Ich komme mit!", waren sich viele nicht mehr so sicher gewesen, obwohl niemand wusste, wer Kowalke eingeweiht hatte.

Georg hatte lange gegrübelt, war ab und zu eingeschlafen, wieder aufgewacht und hatte erneut überlegt, so dass er am Morgen total gerädert beschloss, im Kronencafé zu frühstücken, um danach nach Angerstein zu fahren. Er würde ganz einfach zu Frau Kowalke gehen und klingeln. Eines musste er unbedingt in Erfahrung bringen, wie war es möglich, dass ein Handlungsreisender in die BRD abhaute, zusammen mit einem ganzen Dorf, dann dort eine Metamorphose zum Geologen vollzog, angeblich alte Gänge an der Burg Plesse erforscht, um dann spurlos zu verschwinden? Und, was noch verwunderlicher war, eine sichtlich verunsicherte Frau zurückließ, der man im Dorf durchaus abgenommen hatte, nichts über das Verschwinden ihres Mannes zu wissen.

Im Hinterkopf waren Georg diese Erzählungen immer unterbewusst präsent geblieben. Was gab es denn für einen Heranwachsenden Interessanteres als Geschichten um mystische Gänge in historischen Gemäuern? Doch nachdem er bei seiner ersten Stadtführung im Heizungskeller der historischen Fußbodenheizung beziehungsweise Sitzheizung des alten Sitzungssaales im Rathaus diese Inschrift entdeckt und begonnen hatte zu recherchieren, wusste er, dass an diesen Geschichten etwas dran sein konnte.

Dieser Heizungskeller war im späteren Mittelalter auch als Gefängnis genutzt und die erste spektakuläre Flucht daraus, wie man der Stadtchronik entnehmen konnte, nie schlüssig aufgeklärt worden. Es hatte sich damals um einen Reisenden aus Hamburg gehandelt, der auf einen Gegenstand, den er bei sich führte, keinen Zoll entrichtet hatte. Diesen hatte man daraufhin sichergestellt und den Besitzer inhaftiert. Am nächsten Morgen waren beide, der Gegenstand und sein Besitzer, spurlos verschwunden, obwohl ein Ausbruch aus dem Kellergemäuer eigentlich unmöglich war.

Frau Kowalke blinzelte in die tiefstehende Sonne, nachdem sie die Tür geöffnet hatte. Einen Moment lang hielt sie die Hand zum Schutz gegen das gleißende Sonnenlicht über die Augen und betrachtete Georg von oben bis unten.

„Mensch, Junge, hab dich fast nicht erkannt", sagte sie dann leise und griff mit der zweiten Hand, mit der sie eben die Tür geöffnet hatte, wieder ihren Gehwagen, so dass die Haustür Georg fast wieder vor der Nase zuschlug. Er hatte reflexartig nach der Klinke gegriffen und zog sie wieder auf.

„Komm rein, Junge", sagte die alte Frau noch leiser, „aber lass die Katzen nicht raus."

Georg schaute sich um. Das Haus, zur gleichen Zeit gebaut wie das seines Vaters, machte einen heruntergekommenen Eindruck. Überall auf dem Fußboden lagen Büschel von Katzenhaaren herum und es roch ziemlich penetrant nach Urin.

Frau Kowalke ging geradewegs durch die Diele zur gegenüberliegenden Zimmertür. Kaum hatte sie diese geöffnet, drängten sich aus dem Raum, der die Küche zu sein schien, einige Katzen und schmiegten sich an Georgs Beine, so dass er kurz stehenbleiben musste, um nicht über sie zu stolpern. Als er die Küche betrat, erblickte er einen großen Topf auf dem alten Küchenherd, in dem, dem Geruch nach, eine Hühnersuppe kochte. Der Zustand der Möbel passte zum Gesamteindruck des Hauses.

Die alte Frau schien die Hausarbeit nur noch bedingt zu schaffen. Kinder hatten die Kowalkes nicht und mit Freunden sah es auch nicht so rosig aus. Georg konnte sich noch genau erinnern, wie ihm als Kind immer aufgetragen worden war, das Haus der Kowalkes zu meiden. Bis auf ein paar Klingelpartien und die üblichen Streiche hatte er auch nie Kontakt zu ihnen gehabt. Doch die alte Frau schien es nicht zu wundern, dass Georg nun so plötzlich vor ihrer Tür stand.

„Na, Junge, was führt dich denn nach Böseckendorf?" Ohne die Antwort abzuwarten, öffnete sie den Deckel des Kochtopfes, inspizierte den Inhalt mit prüfendem Blick, schnappte sich einen Holzlöffel und rührte die Suppe um.

Böseckendorf, lange hatte er diesen Namen nicht mehr gehört. Die meisten der Einwohner, die Angerstein so genannt hatten, waren schon verstorben oder nach der Wende wieder nach Thüringen zurückgegangen. Dahin, wo sie in einer Nacht- und Nebelaktion alles hinter sich gelassen hatten.

Böseckendorf, auch sein Vater hatte überlegt, dorthin zurückzukehren, aber zu lange gezögert. „Die ganzen tausendprozentigen Stasiärsche leben alle noch da", hatte er immer wieder verbittert gesagt, nachdem sie ihr altes Dorf nach der Maueröffnung besucht hatten. Zuviel hatte sich verändert, entsprach nicht mehr der sich über die Jahre verklärenden Erinnerung, aber am bittersten war die hässliche Schneise, die sich am Rande des Dorfes durch die Landschaft zog und mit dem Kolonnenweg die ehemalige Grenze markierte. Später war er dann dement geworden und hatte vergessen, dass er erwogen hatte zurückzugehen.

Frau Kowalke hatte mit einem Löffel die Suppe abgeschmeckt, zufrieden den Deckel geschlossen und die Herdtemperatur heruntergeregelt. Sie setzte sich an einen kleinen Tisch, der unter dem mit Spinnweben verhangenen Fenster stand, und schaute zu Georg. Dieser war sich nicht sicher, ob er den Blick der alten Frau als Aufforderung verstehen sollte, sich zu setzen. Also entschloss er sich, lieber stehenzubleiben und fing an, seine Fragen zu stellen.

„Was wissen Sie über die Gänge, die Ihr Mann gefunden hat?"

Die alte Frau schaute gedankenversunken den Löffel an, den sie noch immer in der Hand hielt. Sie schob einen Stapel Zeitungen beiseite, die alle so aussahen, als hätten sie ungelesen dort ihren Platz gefunden, und legte bedächtig den Löffel ab. Dann hob sie langsam ihren Blick und sah Georg streng an. In diesem Moment war er froh, sich nicht gesetzt zu haben. Genau dieser Blick hatte fast alle im Dorf dazu gebracht, jeglichen Kontakt zu den Kowalkes zu vermeiden. Selbst ihren Mann hatte man, trotz seiner ihm unterstellten Vergangenheit, als umgänglicher empfunden.

„Junge, Junge", Frau Kowalke schüttelte den Kopf, ohne auch nur für einen Moment den Blick von Georg abzuwenden, „ich wusste, dass hier irgendwann so ein Idiot auftauchen würde, um diese bescheuerte Frage zu stellen. Aber du?! Du bist hier in Angerstein geboren und hast diese scheiß Zeit gar nicht erlebt! Auch diese absurden Anschuldigungen, die sich noch etliche Jahre gehalten haben. Da warst du noch ein Kind und hast ganz einfach superschlau diesen ganzen Mist nachgeplappert, den auch deine Eltern über uns verbreitet haben. Aber dass du jetzt die Dreistigkeit besitzt, hier aufzutauchen, um mich mit dieser Kacke zu konfrontieren!"

Wieder folgte eine Pause, in der Georg überlegte, ob es nicht besser wäre, einfach zu gehen. Frau Kowalke zog den Gehwagen an sich heran, um sich aufzustützen, und erhob sich.

„Junge, sei nicht dumm, unterirdische Gänge, dass ich nicht lache." Dann schlurfte sie mit einem aufgesetzten Lächeln zur Tür.

„Es ist Zeit, dass du jetzt gehst", sagte sie in einem Ton, der klarmachte, dass Widerspruch aussichtslos war. „Pass auf, dass du keine Katze rauslässt."

Als Georg bereits die Klinke der Haustür in der Hand hielt und im Begriff war, diese zu öffnen, sprach die alte Frau ihn nochmals an.

„Junge, ich bin alt, mir ist egal, was aus mir wird. Schau dich doch um hier, außer meinen Katzen habe ich niemanden mehr. Aber du bist noch jung. Diese Gänge haben noch niemandem Glück gebracht."

Ihm lief ein Schauer den Rücken herunter. Er drehte sich um und überlegte, was er tun sollte.

„Das Gespräch ist beendet, geh jetzt." Ihr Blick sah noch strenger aus als zu Beginn.

Als Georg das Haus verließ, war ihm klar, dass er auf Dieters Angebot eingehen musste. Aber fünftausend Euro, das ging nicht, auch wenn dieser Schacht vielversprechend erschien. Solange jedoch nicht geklärt war, wo genau dieser Hobbyarchäologe sich mit Pest infiziert hatte, war das auch ein unglaubliches Risiko. Ihm war bewusst, dass über kurz oder lang sowieso durchsickern würde, wo sich dieser Ort befand. Das wäre dann der Startschuss für viele Schatzsucher und auch für viele seiner journalistischen Berufskollegen. Diese Story exklusiv, angereichert mit seinen Entdeckungen im ehemaligen Gefängnis im Heizungskeller des Alten Rathauses, das wäre eine Geschichte, die ihn in die Upperclass des Journalismus katapultieren würde.

Er drehte sich nochmals um und schaute zurück zum Haus der Kowalkes. Der Garten, der das Haus umgab, war besser als junger Wald zu bezeichnen. Sogar in der Dachrinne wuchsen einige kleinere Sträucher, als hätte die Natur sich vorgenommen, dieses Gebäude zu verschlingen, zusammen mit der Verrätergeschichte, die seinem ehemaligen Bewohner bis zu dessen Verschwinden anhaftete. Georg überlegte kurz, noch seinen Vater zu besuchen, um die Neuigkeiten, die er herausgefunden hatte, mit ihm zu besprechen. Doch dann musste er wieder an die Krankheit denken, die seinen Vater heimgesucht hatte und die er so gern verdrängte, und gab sein Vorhaben auf.

Georg wusste, er musste schnell reagieren. Er durfte Dieter nicht so lange hinhalten. Der könnte genauso gut einen Ex-Kollegen vom Göttinger Wochenblatt kontaktieren oder sich an ein Boulevardblatt wenden. Er hatte ihm ja mehr oder weniger den Tipp gegeben, wo das Geld zu holen wäre.

Er ging zum Auto und startete den Motor. Kurz hielt er inne und sah auf die Uhr. Wenn er sich beeilte, konnte er noch vor der Arbeit im Stadtarchiv recherchieren. Wenn er schon Geld ausgeben sollte, das er ja eigentlich nicht hatte, da die Rechnung von der Tür noch nicht bezahlt war, dann nur, wenn er eine konkrete Spur finden würde. Er gab Gas und fuhr mit quietschenden Reifen los in Richtung Göttingen.

Simond kratzte sich am Kopf. Renard hatte ihm den Kupferstich der Burg Brunhagen über den Tisch geschoben, in den er einen Kreis mit einem Kreuz eingezeichnet hatte.

„Meinst du wirklich?", fragte er nach kurzer Zeit, die er brauchte, um das Foto auf seinem Smartphone mit der Burganlage abzugleichen.

„Ich denke ja", antwortete Renard und nickte dazu, um seiner Erkenntnis noch zusätzliches Gewicht zu verleihen, „das muss der Fundort der Frau aus dem Northeimer Altersheim sein."

Moulin hielt sich mit einem Kommentar zurück, als wolle er sich erst in seinen Erinnerungen versichern, bevor er diesen Standort bestätigte.

„Nun gut", brachte auch er sich dann in das Gespräch ein, „wenn wir diese alte Zeichnung mit dem Foto vergleichen, scheint das schon sehr wahrscheinlich. Hier unten", er deutete auf das Foto, „da scheint der Rest des Hohlweges zu sein, der einstmals mit den Mauern und Türmen als befestigter Eingang zur Burg diente. Gut, in dem Bereich hier oben ist dieser Weg mittlerweile zugeschüttet, da sind wir gerade mal zwei Wochen zu spät, so lange sind die Erdarbeiten schon im Gange. Von der Steilheit an der Stelle stimmt es mit den Schilderungen des alten Bauern überein, der mir deutlich sortierter vorkam als seine Frau. Er erwähnte ja, dass die Sanitäter und auch später der Leichenwagen die Steigung nicht hochgekommen sind und er deswegen mit seinem Traktor aushelfen musste, um die sterblichen Überreste der Frau den Berg herunterzubekommen."

„Na ja", Simond schien immer noch nicht restlos überzeugt, „wenn die Frau dort oben tagelang gelegen hat, dann müsste man sie doch vom Hof aus gesehen haben."

„Stimmt", bestätigte Renard, „aber der alte Mann erzählte doch was von Bäumen, die dort gestanden haben."

„Ich gehe nicht davon aus, dass der die oben auf der Burganlage meinte, die stehen ja noch."

Renard nickte zustimmend: „Genau, dann ist die Einsicht auf die Wiese eingeschränkt gewesen. Das klingt logisch."

„Aber ist es eigentlich von Bedeutung, wo diese Frau gefunden wurde? Viel interessanter wäre doch die Frage, wo sie diese Gänge gefunden hat", gab Moulin zu bedenken. „Viele Burgen aus dieser Zeit hatten so eine Art Notausgang, für den Fall einer Belagerung. Der war meist unterirdisch angelegt und hatte eine sichere Entfernung zur restlichen Anlage. Und noch entscheidender ist doch die Entfernung zur Burg Plesse. Wo soll denn da die Verbindung zwischen den beiden Fällen sein? Nicht zu vergessen, weswegen wir eigentlich hier sind, die Pest, und zwar im Zusammenhang mit dem Kalten Krieg, Stichwort biologische Waffen."

Simond und Renard schauten Moulin etwas verblüfft an, der diesen Einwand wie aus dem Nichts brachte, war doch nach der Infektion und dem Tod des Hobbyarchäologen kein weiterer Fall einer Infektion bekannt geworden. Gab es da überhaupt einen Zusammenhang? Moulin zuckte mit den Schultern: „Ich finde das alles noch unklarer als am Anfang."

„Nun gut, dieser tote Johnny ist ja immerhin mit einer Pestmaske durch Göttingen gelaufen", Simond strich sich wieder mal durch seinen nicht mehr vorhandenen Bart, „er war abgetaucht, und wie wir wissen sind einige Terroristen, wenn die These mit der RAF stimmt, in der Ostzone untergetaucht, was nicht zuletzt durch sein auffälliges Tattoo bestätigt scheint. Er war hochgradig drogenabhängig, und das über Jahre, wenn nicht Jahrzehnte. Später tauchte er wieder hier in Göttingen auf. Erzählte was von Thailand und viel Geld, dass ihm dort ein Leben ermöglichen sollte. Dann wird er von Erich Lehmann exekutiert. Beide wurden von Regina Schwartz an einem Ort gesehen, bei ihrer Therapeutin beziehungsweise eine Etage tiefer, bei der Psychiaterin."

Simond wartete einen Moment, bevor er fortfuhr.

„Ich glaube, wir sollten der Therapeutin und der Psychiaterin mal einen Besuch abstatten. Das könnte das Missing Link sein zwischen all den Personen, die für uns bis jetzt von Interesse sind."

„Das sehe ich genauso", stimmte Renard spontan zu, „dieses Brunhagen und auch Northeim bringen uns nicht weiter."

„Okay, dann lasst uns Nägel mit Köpfen machen und uns auf Göttingen konzentrieren", schlug Moulin vor. „Lasst uns das Hotel wechseln und direkt in Göttingen Zimmer nehmen."

Sie bezahlten die Rechnung und packten ihre Taschen. Einzig Renard hatte einiges mehr zu erledigen, er war für die Technik zuständig, die im Laufe der Zeit immer umfangreicher geworden war. Doch als er seinen Laptop herunterfahren wollte, fiel ihm ein Link ins Auge, der ihn veranlasste, etwas genauer nachzulesen. Er hatte schon damals, bei seinen Recherchen zu ihrem Fall Katzengold, die Ahnung gehabt, dass er nicht alles Wichtige herausgefunden hatte, was sich im Mittelalter, aber auch zu DDR Zeiten, im Mansfelder Land rund um Schraplau und Seeburg abgespielt hatte. Und nun las er in diesem Link über Gerüchte um einen vergrabenen Schatz der Familie Wendenburg, den ehemaligen Besitzern des Seeburger Schlosses, auch die Geschichte der ehemaligen Burganlage um die alte Kirche auf dem Berg Seeburgs war hier detailliert erzählt. An jeder noch so unglaubwürdigen Geschichte war zumindest ein Körnchen Wahrheit.

Renard erinnerte sich an Wehner, den pensionierten Polizisten aus Querfurt, der ihm von unterirdischen Gängen erzählt hatte, in die Kinder eingestürzt waren, die dort eine Art Sarkophag entdeckt hatten. Die Gänge waren daraufhin von der Staatssicherheit abgesichert und später zugeschüttet worden. Ihm kam der Erdfall, der sich in Rollsdorf ereignet hatte, in den Sinn. Dann die Schweineställe auf der Seeburg, die mit massiven Gittertoren gesichert waren, die sich letztendlich als „Gitter XIII" herausgestellt hatten, ein ehemaliges

Internierungslager der Staatssicherheit. Das alles konnte doch kein Zufall sein!

Ihm lief kurz ein Schauer über den Rücken, Schweine waren doch Allesfresser! Dazu dieser Spruch von Mielke, alle Andersdenkenden ohne Gerichtsurteil hinzurichten. Perfekter und perfider konnte man Leichen doch nicht verschwinden lassen.

Renard überlegte, warum man ausgerechnet Freimaurer in Seeburg und Augustusburg interniert hatte. Er hatte sich ausgiebig mit der Geschichte dieser Geheimloge beschäftigt. So geheimnisvoll und verborgen diese Loge auch war, ihre Entstehung war wesentlich bodenständiger als vermutet.

Alles hatte im 14. und 15. Jahrhundert begonnen, als immer mehr Kirchen gebaut wurden. Diese Aufgabe lag bei den Steinmetzen, die zu dieser Zeit die Kunst der Architektur und der Statik beherrschten. Diese Steinmetze waren in festen Gilden strukturiert, die nicht für jedermann zugänglich waren. Sie hielten ihre Fähigkeiten und ihr Wissen über die Baukunst absolut geheim, waren eine Elite mit strengen Aufnahmeritualen und somit der Ursprung der heutigen Freimaurer. Der Begriff kam ursprünglich aus dem Englischen, Steinmetze hießen damals „Freestone-Mason".

Plötzlich klingelte Renards Telefon, Moulin rief ihn an.

„Wo bleibst du denn, wir warten im Auto auf dich!"

Er beeilte sich, den Laptop herunterzufahren, packte schnell den Rest zusammen und trug seine Taschen die Treppe herab zum Auto.

„Hier können Sie nicht stehenbleiben!", sagte der Streifenpolizist streng, als der alte Kleinwagen vor der Straßenabsperrung hielt und ein Mann ausstieg.

„Doch, ich kann", Stürmer zückte seinen Ausweis aus der Jackentasche, woraufhin der uniformierte Kollege grüßte und mit einem kurzen: „Alles klar!" sich wieder seiner Aufgabe zuwandte.

Der Bagger hatte schon einen Großteil des demolierten Denkmals auf den LKW aufgeladen. Einige der älteren Demonstranten mit roten Rosen in den Händen versuchten immer wieder, die Absperrung zu ignorieren, um ihre Blumen um das Denkmal herum abzulegen.

„Seien Sie doch vernünftig!", versuchte der Streifenpolizist die ausschließlich angegrauten Personen zu überzeugen, sich wieder hinter die Absperrung zu begeben. Stürmer betrachtete die skurrile Szene mit verschränkten Armen.

Demos war Göttingen ja zur Genüge gewohnt, auch er musste zu solchen Anlässen manchmal noch die Uniform anziehen, wenn Not am Mann war, und das war oft der Fall, nachdem so massiv Stellen bei der Polizei gestrichen worden waren. Zuletzt hatte er bei dieser Feministendemo im Sommer mit aufmarschieren müssen, als mit dem Demonstrationszug auch der Schwarze Block vermummt durch die Stadt gelaufen war.

Feminismus, Gleichberechtigung – Stürmer hatte damit überhaupt keine Probleme, ganz im Gegenteil. Aber warum marschierten bei solch einer Demo gewaltbereite vermummte Männer mit, zu einem Block formiert, die sich zusätzlich mit Transparenten vor identifizierenden Blicken schützten? Das alles war zu einer Art Event verkommen:

„Demo, geil!", dabei sein war alles und wurde zu allem Überfluss auch noch auf sozialen Medien geteilt.

Stürmer konnte die jungen Leute nicht mehr verstehen, diese Generation, die ohne Not und Sorgen aufwuchs, mit Chancen, von denen er damals nur hatte träumen können, vermummte sich, um ihre Meinung kundzutun, was doch ihr verfassungsmäßiges Recht war und wogegen im gesetzlichen Rahmen auch niemand etwas hatte. Das war bei dieser Generation, die mit ihren Rosen in der Hand hier vor ihm stand, noch anders gewesen.

Einige der Personen gingen wieder, als sie ihre Blumen abgelegt hatten, die anderen nahmen den geforderten Abstand ein und schauten den Abrissarbeiten nun fast andächtig zu.

Ein weiterer Bautrupp war damit beschäftigt, den verbrannten Asphalt aufzustemmen und ebenfalls in einen Container zu schaufeln. Stürmer dachte daran, dass auch damals ein Stück Asphalt ausgetauscht werden musste, nachdem die Barrikaden gebrannt hatten. Die Situation war skurril und verrückt, war das alles schon dreißig Jahre her? Wahnsinn, wie die Zeit vergangen ist.

Er versuchte sich zu erinnern, wann dieses Denkmal errichtet wurde. Irgendwann hatte er es wahrgenommen und darüber nachgedacht, welches denn nun eigentlich das hässlichste Kunstwerk war, das man in Göttingen aufgestellt hatte, der Reiter am Hiroshima Platz oder vielleicht doch dieses hier.

Stürmer überlegte, ob er die älteren Herrschaften, die die Rosen abgelegt hatten, befragen sollte. Alle sahen durchaus gut situiert aus und hatten ja nichts Verbotenes getan. Doch er wusste einfach nicht, was er sie fragen sollte, er hatte keine Ahnung, weswegen sie eigentlich hier waren und was sie veranlasste, Blumen abzulegen. Hatte das was mit Conny zu tun, oder waren es Bekannte von Johnny? Oder hatten die vielleicht alle beide gekannt?

Ihm war klar, wenn diese Herrschaften was mit der Szene damals zu tun hatten, dann würden sie auch heute nicht mit ihm darüber reden, das war definitiv auszuschließen.

Dieter kratzte sich den Kopf.

„Was, tausend Euro willst du mir dafür nur zahlen?"

„Ja, klar, das ist eigentlich schon zu viel", antwortete Georg betont gelassen. „Erstens bin ich nicht Rockefeller, und zweitens, wenn wir noch länger warten, dann sickert sowieso irgendwann durch, wo dieser Gang ist."

Dieter schien noch immer nicht überzeugt. Schließlich drückten ihn seine Geldsorgen so sehr, dass diese tausend Euro nur ein Tropfen auf den heißen Stein waren, aber immerhin. Seine Frau hatte wieder mal Sachen für die neue Wohnung bestellt, Sachen, die sie sich eigentlich nicht leisten konnten. Das wäre damit erst einmal bezahlt. Dieter kniff die Augen zusammen und wiegte den Kopf hin und her.

„Na gut", sagte er dann leise, „aber wenn du damit richtig Kasse machst, dann reden wir noch mal!"

„Abgemacht", erwiderte Georg erleichtert. Er hatte am Abend zuvor das Geld von seinem Vater geliehen. Irgendwie war es ihm peinlich gewesen, dass er nicht in der Lage war, solch eine Summe selbst aufzubringen. Aber in seiner beruflichen Laufbahn war halt nicht alles nach Plan verlaufen. Am peinlichsten war im jedoch der Gedanke, der ihm durch den Kopf ging, als sein Vater das Geld aus einer Kaffeedose in der Küche holte: „Vielleicht vergisst er ja, dass er mir das geliehen hat, zu irgendetwas muss diese beschissene Krankheit ja gut sein."

„Merde!", Simond klopfte wütend auf das Lenkrad seines Porsches. Er hatte sich total erschrocken, als ihn dieser grelle Blitz vom Straßenrand zwischen den parkenden Autos hindurch geblendet hatte. Waren hier nur 30 km/h erlaubt? Moulin musste schmunzeln, was Renard nur bedingt gelang, zu ungemütlich war dieser Notsitz, auf den er sich freiwillig gezwängt hatte.

Simond hielt kurz an, um sich umzuschauen. „Da ist doch tatsächlich so ein Blitzer-Anhänger, die in Frankreich schon das ganze Land überziehen und es jetzt auch nach Deutschland geschafft haben! Es gibt hier kaum Parkplätze, und die wenigen werden dann mit so was verschwendet!", schimpfte er.

„Da vorne müsste es sein", versuchte Moulin, die Aufmerksamkeit seines Kollegen wieder von der technischen Kontrolleinheit zu lösen. Simond schüttelte den Kopf und machte sich mit verringerter Geschwindigkeit weiter auf die Suche nach einem Parkplatz.

„Niedermeyer – Psychiater, Niedermeyer – Psychio-logische Praxis", las Moulin vor, als sie vor dem Gebäude standen, „wen wollen wir zuerst kontaktieren?", dabei brachte er seinen Zeigefinger schon mal in Position vor den Klingelknöpfen.

„Ich glaube, wir sollten mit der Psychiaterin anfangen, wo Frau Schwartz den Erich Lehmann hat rauskommen sehen", schlug Renard vor.

„Gute Idee", erwiderte Moulin, Simond nickte, und Moulin drückte die Klingel. Ein Summer öffnete die Tür.

Die Praxis machte einen gediegenen Eindruck, schien aber nicht sonderlich gut frequentiert zu sein, was allerdings auch an der Mittagszeit liegen konnte. Der Empfang war ebenfalls nicht besetzt. Simond klopfte an das Behandlungszimmer, aus dem ein sonores „Moment!" erklang. Kurze Zeit später öffnete eine Frau, die dem ersten Eindruck nach Anfang bis Mitte sechzig war. Ihre grauen Haare waren kurz geschnitten und nach hinten frisiert, was einen freien Blick auf die Falten auf ihrer Stirn ermöglichte. Frau Niedermeyer schien keine besonders eitle Person zu sein, was das völlige Fehlen von Schminke nahelegte.

In dem Raum war ein Fenster geöffnet, wahrscheinlich um den Zigarettenrauch zu entlüften, der durch die offene Tür noch deutlich zu riechen war.

„Nehmen Sie noch im Warteraum Platz, meine Herren, meine Sprechstundenhilfe ist noch zu Tisch. Sie müsste jeden Moment zurück sein."

„Wir wollen aber zu Ihnen", entgegnete Moulin konzentriert und langsam, um sich keinen Versprecher zu leisten.

„Das ist mir schon klar", antwortete Frau Niedermeyer streng, „aber Termine macht ausschließlich meine Sprechstundenhilfe."

„Wir brauchen keinen Termin", erwiderte Simond und zückte seinen Ausweis. Frau Niedermeyer nahm ihm den

Ausweis aus der Hand und hielt ihn dicht vor ihre Augen, was vermuten ließ, dass sie ihre Brille verlegt haben musste oder doch eitler war, als zuerst angenommen.

„Europol. Monsieur Simond", las sie vor und fokussierte die drei danach noch strenger. „Was will den Europol von mir?", fragte sie nach einer kurzen Pause, „äh, ich meine, was kann ich für Sie tun?"

Simond meinte, einen kurzen Anflug von Unruhe in ihrem Gesicht entdeckt zu haben, sie fand jedoch sofort wieder zu ihrer anfänglichen Souveränität zurück. Renard holte ein Foto aus der Jackentasche und hielt es ihr vors Gesicht. „Kennen Sie diesen Mann?", fragte er energisch.

„Nein, kenne ich nicht", diesmal nahm sie das Foto nicht näher in Augenschein.

„Sind Sie sicher?", hakte Simond nach, „möchten Sie es nicht vielleicht näher anschauen?"

Frau Niedermeyer zögerte kurz, nahm dann das Bild doch in die Hand und hielt es genauso nah vor ihre Augen wie vorher den Ausweis.

„Wie ich schon sagte, kenn ich nicht."

„Okay", Renard nahm ein zweites Foto aus der Jackentasche, diesmal war es ein über ein Gesichtserkennungsprogramm errechnetes Bild, welches Erich Lehmann ohne Bart darstellte und mit kürzeren Haaren. Jetzt nahm sie es gleich in die Hand und betrachtete es in dem Abstand, den ihre Kurzsichtigkeit einforderte, längere Zeit.

„Nein, tut mir leid", sagte sie, betont gelassen, „ist mir nicht bekannt. Aber wenn Sie wollen, können Sie ja gleich meine Sprechstundenhilfe fragen, ob Sie den Mann kennt. Kann ich Ihnen in der Zwischenzeit vielleicht einen Kaffee anbieten?" Sie schloss die Tür ihres Zimmers und ging lächelnd an den dreien vorbei, um ihnen den Weg ins Wartezimmer zu weisen, wo auf einem Tablett Kaffeegeschirr und eine große Isolierkanne standen. „Bitteschön, meine Herren, bedienen Sie sich und nehmen Sie Platz."

Moulin warf einen Blick zu Renard, der die Fotos wieder in seiner Tasche platzierte, dieser nickte Simond zu.

„Pardon, Madame, das kann nicht sein", erwiderte Simond freundlich, „dieser Mann ist gesehen worden, wie er Ihre Praxis verlassen hat."

„Ach, wirklich", Frau Niedermeyer ließ die Tür des Wartezimmers los, die daraufhin wieder automatisch schloss. Die freundliche Episode mit dem Lächeln in ihrem Gesicht schien vorbei. Der ursprüngliche Gesichtsausdruck passte auch viel besser zu ihrem gesamten Erscheinungsbild. Sie war nicht besonders groß, aber trotz der hageren Erscheinung sah sie in ihrem anthrazitfarbenen Hosenanzug so aus, als wäre es ihr in ihrem Leben nur selten passiert, dass sie Widerworte erdulden musste. „Zeigen Sie doch bitte noch einmal die Fotos", sagte sie dann, wieder um Freundlichkeit bemüht.

Diesmal betrachtete sie die Fotos eine ganze Weile, kniff dabei die Augen zusammen und runzelte ihre Stirn.

„Jetzt, wo ich noch mal darüber nachdenke, durchaus möglich, dass der schon mal hier war. Ja, jetzt erinnere ich mich, der hatte ein akutes Problem, aber keine Versichertenkarte dabei. Aber, Sie wissen ja, als Arzt hilft man auch in solchen Fällen, selbst dann, wenn die Patienten, wie zwar versprochen, diese nicht nachreichen."

Sie lächelte die drei Ermittler an. „Ich hoffe, ich konnte Ihnen weiterhelfen."

„Noch nicht ganz", Simond gab nicht so schnell auf, „haben Sie denn eine Akte über diesen Patienten, die wir vielleicht einsehen könnten."

„Ach, meine Herren, die Schweigepflicht, die kennen Sie doch", Frau Niedermeyer hatte ihren Gesichtsausdruck wieder auf streng gewechselt und überlegte kurz, bevor sie fortfuhr.

„Aber soviel kann ich Ihnen schon sagen, dieser Mann brauchte ein Rezept. Er konnte mir glaubhaft versichern, dass er auf Montage war und die Tabletten zu Hause vergessen hatte. Er wollte in der Woche darauf die Karte vorbeibringen, ist aber nicht mehr erschienen. Ich glaube, wir haben da überhaupt keine Akte angelegt."

Die drei Kommissare tauschten kurz vielsagende Blicke aus, bevor sie sich zum Gehen entschlossen. „Danke, Madame", sagte Simond zögernd, „wie gesagt, danke, dass Sie sich nach den anfänglichen Gedächtnislücken dann doch so umfänglich erinnern konnten. Bemühen Sie sich nicht, wir finden allein hinaus."

„Seid ihr auch so irritiert wie ich?", fragte er dann vor der Tür seine Kollegen.

„Natürlich", antwortete Moulin, „diese Frau sollten wir dringend überprüfen."

„Sehe ich genauso, das übernehme ich", sagte Renard nickend.

„Okay, dann heute Abend." Georg verabschiedete sich mit Handschlag von Dieter, der die fünfhundert Euro

Anzahlung hastig einsteckte, in sein Auto stieg und verschwand. Georg war etwas aufgeregt, nach Einbruch der Dunkelheit wollten sie sich an der Kirche von Angerstein treffen, die man extra für die katholischen Neubürger aus dem Eichsfeld gebaut hatte.

Er hatte noch eine halbe Stunde Zeit, in der er planlos durch die Gegend fuhr. Als er beim Haus der Kowalkes vorbeikam, fiel ihm auf, dass es das einzige Haus in der Straße war, in dem kein Licht brannte. Die alte Frau wird bestimmt schon schlafen, dachte er und ging in Gedanken noch einmal die Ausrüstung durch, die er dabei hatte. Nein, vergessen hatte er nichts. Seine Stirnlampe hatte er mit einer neuen Batterie versehen und auch ein zweites Klettergeschirr für Dieter eingesteckt, ebenso das neue Seil, das er sich extra für den Kletterkurs im RoXX gekauft hatte. Schließlich wusste er ja nicht, was auf sie zukam.

Er hoffte, dass sich Dieter an die abgesprochene Kleiderordnung hielt, für einen ehemaligen Grufti dürfte es ja wohl keine Schwierigkeit sein, schwarze Klamotten aufzutreiben. Die Nervosität steigerte sich mit jedem Meter, den er sich der Kirche näherte. Er fasste erschrocken in die Außentasche seines Rucksacks, der auf dem Beifahrersitz lag. Ein Glück, er hatte die Atemschutzmasken eingesteckt, die er in der Apotheke in Angerstein noch bekommen hatte. In Göttingen waren diese wegen der Pesthysterie gleich am ersten Tag, nachdem die Infektion des Hobbyarchäologen bekannt geworden war, ausverkauft gewesen.

Dieter stand, wie vereinbart, neben seinem Auto und winkte ihm zu.

„Hast du das restliche Geld dabei?", fragte dieser zur Begrüßung.

„Ja, klar, Dieter, das kriegst du, wenn wir bei dem Gang sind", antwortete Georg etwas genervt. Er blickte zum Horizont, wo sich der Turm der Burg Plesse in der Dämmerung immer noch deutlich abzeichnete. Sie mussten die blaue Stunde nutzen, um ohne Taschenlampen den Weg hinüber zur Burg zu schaffen. Er hatte das Gefühl, hier jeden Stein zu kennen, als Kinder waren sie hier unzählige Male unterwegs gewesen, um auf der Burg und im angrenzenden Wald zu spielen. Mit schlafwandlerischer Sicherheit ging er den Weg voraus, Dieter hielt einigen Abstand und war auffällig still.

„Alles klar bei dir?", fragte Georg, nachdem er kurz angehalten hatte, um auf Dieter zu warten.

„Meinst du, da ist noch Polizei?", entgegnete dieser.

„Keine Ahnung", antwortete Georg und versuchte, gelassen zu wirken, „die Straßenzufahrt zur Burg ist noch gesperrt. Aber Polizei habe ich da nicht gesehen, als ich vorhin vorbeigefahren bin. Beruhige dich, falls uns doch jemand kontrollieren sollte, fällt mir schon was ein. Notfalls habe ich ja noch meinen Presseausweis dabei."

Trotz der Dämmerung konnte Georg in Dieters Gesicht erkennen, dass dieser nicht restlos überzeugt war. Plötzlich fiel ihm wieder ein, wie sie Dieter früher genannt hatten, Gruftischisser mit Vollmeise. Manche Sachen änderten sich halt nie. Er musste grinsen, manchmal kamen nur noch neue Probleme dazu. Aber das kannte er ja von sich selbst. Seine gute Laune verging ihm gleich wieder, als er an seine Schulden dachte. Diese Investition musste sich lohnen.

„Jetzt stell dich nicht so an", sagte er schroff zu Dieter, „wir müssen uns beeilen, bevor es ganz dunkel wird. Hier auf dem freien Feld können wir kein Licht anmachen, und wir haben noch ein gutes Stück Weg vor uns."

„Bleib cool, Alter", brummelte Dieter, „ich komm ja schon. Man wird ja wohl mal fragen dürfen."

„Hast du noch Lust auf ein Bier?"

Renard schaute erschrocken von seinem Laptop auf.

„Entschuldige", sagte Simond schmunzelnd, „ich hatte angeklopft."

„Ja, ja, ist klar", Renard entspannte sich wieder, „aber ich bin hier gerade an was dran. Frag doch Moulin, der hat bestimmt Lust."

„Hab ich schon, der macht sich gerade fertig. Hier ist jede Menge los, das ist schon was anderes als in Northeim. Und ein wenig hier anzukommen ist auch nicht verkehrt. Ich muss irgendwie den Kopf frei kriegen, das ergibt alles noch kein richtiges Bild", fügte er nachdenklich hinzu.

„Mit ein wenig Glück kann ich vielleicht etwas mehr Licht ins Dunkel bringen", schmunzelte Renard.

„Los, erzähl", Simond wurde neugierig.

„Nö, heute nicht mehr. Geht ihr mal Bier trinken. Ich warte noch auf ein paar Antworten. Bis jetzt ist das alles noch zu vage. Aber unsere Frau Niedermeyer könnte dem allen mehr Sinn geben."

„Jetzt sag schon", bohrte Simond nach.

„Heute nicht mehr, dazu ist das alles noch zu unklar, und wie gesagt, ich warte noch auf Antworten."

„Genau, hier sind wir richtig. Da bin ich mir hundertprozentig sicher", Dieter leuchtete mit der Taschenlampe auf den Waldweg vor ihnen, „hier haben wir gestanden mit dem Einsatzwagen, und da vorn war auch das Absperrband", er zeigte auf einen Baum hinter ihnen, „ein Rest davon war doch noch um den Baum gebunden. Das hast du doch auch gesehen, oder?" Dieter schien plötzlich ziemlich aufgelöst.

„Ja, habe ich", antwortete Georg, „so was machen allerdings auch Jäger, wenn sie Wanderwege sperren wegen einer Treibjagd zum Beispiel. Und wir haben gerade Saison."

Dieter wurde immer nervöser. Er hatte in den letzten Nächten zu wenig geschlafen, aber vor allem brauchte er das Geld.

„Glaub mir", Dieter ging ein paar Schritte zurück und versuchte, sich zu konzentrieren. Er leuchtete mit seiner Taschenlampe jetzt ohne Rücksicht darauf zu nehmen, dass man sie entdecken könnte, die ganze Umgebung aus. „Ich bin mir absolut sicher. Da, zwischen den zwei dicken Eichen war der Eingang. So viele alte Eichen gibt es hier ja nicht, und der Zugang befand sich genau dort, wo jetzt dieser Findling liegt. Merkwürdig, als wir den Gang erkundet haben, lag dieser große Stein hier drüben", er zeigte mit dem Lichtstrahl zur rechten Seite.

Georg leuchtete den Findling an. Um ihn allein zu bewegen, schien er zu schwer zu sein, aber zu zweit könnten sie es schaffen. Leider hatte es gestern ausgiebig geregnet. Irgendwelche Spuren, die belegen könnten, dass der Stein verrückt worden war, konnte man nicht mehr entdecken.

„Mach mal die große Funzel aus, Dieter, oder willst du, dass uns doch noch jemand sieht!"

Georg ging näher an den Stein heran. Auf einer Seite waren leichte Kratzspuren zu sehen. Keine Ahnung, woher die stammten. Mit einem Stock schabte er die restliche Erde vom Stein ab, die der Regen noch nicht beseitigt hatte, und betrachtete die Erdbrocken genauer. Sie waren auf der Seite, die am Stein haftete, mit Moos bewachsen, das sich auch auf einem Großteil des Bodens rund um die Bäume ausgebreitet hatte. Georg schaute sich weiter um, durchaus möglich, dass an der Aussage Dieters etwas dran war. Aber ihm die weiteren fünfhundert Euro auszuhändigen, dafür reichte es nicht. Georg hatte sich entschieden. Entweder sie schafften es, zu zweit den Findling wegzurollen und es bestätigte sich, dass sie an der richtigen Stelle waren, oder er forderte sein Geld zurück. Er konnte sich allerdings nur schwer vorstellen, dass Dieter ihm den angezahlten Betrag freiwillig zurückgab.

Gedankenverloren wischte er mit der Hand über die Stelle des Steines, von der er zuvor die Erde abgekratzt hatte, als ihm plötzlich ein Schauer über den Rücken lief. Ihm wurde schlecht und seine Hand fing an zu zittern. Unter seiner Hand erkannte er, wenn auch schon recht verwittert, das gleiche Zeichen, das im Keller des alten Rathauses eingeritzt war. Erschrocken trat er einen Schritt zurück.

„Was ist denn mit dir los?", fragte Dieter besorgt, dann grinste er, „hast du etwa den Leibhaftigen gesehen?"

„Ne, ne, nur das Alter, ich hab ein bisschen Rücken", antwortete Georg und betrachtete die Szenerie erneut. Die zwei Eichen, die den Stein säumten, bildeten mit einer dritten, die sich in etwa zehn Meter Entfernung befand, ein Dreieck, und der Findling lag exakt in der geometrischen Mitte. Kurz entschlossen griff Georg in seine Jackentasche und holte die fünfhundert Euro der zweiten Rate heraus.

„Ich glaube, du hast Recht, das könnte die Stelle sein."

„Lass uns den Stein wegrollen", schlug Dieter vor, „damit wir ganz sicher sind."

„Ne, lass mal besser, dann kriegen wir ihn nicht mehr zurück und der Gang bleibt offen. Wir lassen erst mal ein bisschen Zeit vergehen, bis sich der Hype gelegt hat. Hier ist der Rest des Geldes, und ich hab dein Wort, dass du sonst niemandem was erzählst."

„Na klar", sagte Dieter beflissen und steckte das Geld ein. Dann streckte er Georg die Hand entgegen: „Das ist doch selbstverständlich." Dieter war einfach nur erleichtert, das Geld war die eine Sache, aber nochmal in den Gang, wo er sich doch das letzte Mal den Schutzanzug aufgerissen hatte – besser hätte es nicht laufen können. Soll Georg doch alleine da reinklettern und sich mit Pest anstecken.

„Exquisit, dieses Frühstück", Simond schloss kurz die Augen, als er die Kuchengabel noch ein letztes Mal ableckte, nachdem er die Reste des französischen Moussetörtchens vom Teller gekratzt hatte. „Vergleichbares habe ich nur in Chamonix bekommen", schob er noch anerkennend nach, „einfach nur gut, dieses Kronencafé."
Renard und Moulin nickten zustimmend.

„Nun, Renard, spann uns nicht weiter auf die Folter", begann Simond, „auf nüchternen Magen wolltest du uns ja nichts verraten. Jetzt leg mal los."

„Also gut, dann wollen wir mal. Bei unserer Frau Niedermeyer lagen wir mit unserem Gefühl goldrichtig. Mit der stimmt was nicht. Ich habe mich als erstes mit ihrer Akte beschäftigt, die der BND von ihr hatte. Geboren hier in Göttingen, Vater war ein ehemaliges Mitglied der NSDAP und später hier an der Uni Prof. Frau Niedermeyer machte in Göttingen Abitur. Erste Auffälligkeiten durch Mitgliedschaft in der KPD, die vom Verfassungsschutz beobachtet und später verboten wurde. Es folgten diverse Wohnadressen in WGs mit Sympathisanten der RAF in Göttingen, Frankfurt, Kassel und so weiter. Wahrscheinlich bekam sie aus diesem Grund keinen Studienplatz. Dann Übersiedlung in die DDR. Und da ging es mit ihrer beruflichen Karriere steil bergauf. Studium der Medizin in Moskau, später machte sie ihren Facharzt in der Psychiatrie in Altscherbitz in der Nähe von Leipzig. Eine Staatssicherheitsakte gibt es von ihr nicht. Äußerst merkwürdig aus dem Grund, da Übersiedler aus der BRD routinemäßig immer überprüft wurden. Daraufhin habe ich nochmal eine Anfrage beim BND gestartet, ob es dafür eine Erklärung geben könnte. Heute Morgen habe ich dann eine Mail erhalten. Frau Niedermeyer wurde nur ein einziges Mal mit der Staatssicherheit in Verbindung gebracht, und zwar nicht in Form einer Notiz oder Akte des DDR Geheimdienstes, sondern", Renard machte eine Pause, um den Rest seines Espressos auszutrinken, bevor er fortfuhr, „sondern über die Aussage eines RAF Aussteigers. Da steht sie auf einer Liste von RAF Mitgliedern, die unter dem Stasideckamen Stern I im brandenburgischen Wartin an Waffen ausgebildet wurden."

Simond und Moulin schauten sich fragend an.

„Frau Niedermeyer war bei der RAF?"

„Genau das ist halt nicht erwiesen. Bis auf die eine Aussage des Aussteigers gibt es keinerlei andere Hinweise. Aber das Beste kommt noch!"

„Jetzt mach es aber nicht zu spannend", sagte Moulin ungeduldig, als er merkte, dass Renard wieder eine Pause einlegen wollte.

„Sag schon", drängte nun auch Simond.

„Unser Johnny stand ebenfalls auf dieser Liste."

„Wie jetzt, äh, ich meine eigentlich, wann? Für morgen vierzehn Uhr vorladen? Sie meinen, ich mache das, oder Sie? Also gut, bis dann." Stürmer legte den Hörer auf und trommelte mit den Zeigefingern auf seinen Schreibtisch. Geht doch, da hat sich also dieser Simond an mich erinnert. Er brauchte ein Büro für die Befragung von einer Frau Niedermeyer, um dem ganzen einen offiziellen Charakter zu verleihen. Keine Ahnung, wer diese Frau war. Er musste sich um nichts kümmern, die Vorladung war schon raus. Aber dabei sein würde er auf jeden Fall. Die konnten ihn ja nicht aus seinem Büro schmeißen.

Stürmer hatte noch eine ganze Weile über das erste Zusammentreffen mit den Dreien bei Frau Doktor nachgedacht. Dieser Simond, ein Bekannter von einem Herrn Tretmine. So lange er auch darüber grübelte, das musste dieser Trittin sein. Der war zur damaligen Zeit noch sehr aktiv in Göttingen.

„Was soll das denn?", schmetterte Frau Niedermeyer als eine Art Begrüßung in den Raum, nachdem sie nach einem obligatorischen Anklopfen, ohne die Antwort abzuwarten, eingetreten war.

Das Büro des Kriminalkommissars Stürmer war nicht sehr geräumig, so dass die drei Kommissare den Raum eigentlich schon völlig ausfüllten und den Schreibtisch, an dem Stürmer saß, ganz verdeckten. Renard hatte seinen Laptop mitgebracht und bewusst ein besonders großes Mikrophon angeschlossen, welches er, genau auf den Stuhl gegenüber ausgerichtet, auf den Tisch gestellt hatte.

„Nehmen Sie doch Platz, Frau Niedermeyer."

„Was soll das denn?", wiederholte sie energisch ihre Frage und schaute allen dreien nacheinander in die Augen, nachdem sie sich gesetzt hatte.

„Möchten Sie einen Kaffee?", fragte Simond betont höflich und schlug sein Notizbuch auf, in dem er sich mit einigen Übersetzungen seiner Fragen vorbereitet hatte.

„Sie sind hier zur Klärung eines Sachverhaltes", begann Simond, nachdem Frau Niedermeyer den angebotenen Kaffee ausgeschlagen hatte. „Haben Sie eine Waffenbesitzkarte, Frau Niedermeyer?"

Simond genoss es ein wenig zu offensichtlich, zumindest für Renard und Moulin, die ihn sehr genau kannten, mit seiner ersten Frage Frau Niedermeyer etwas durcheinander gebracht zu haben.

„Nein, natürlich nicht", antwortete diese, um Gleichgültigkeit bemüht, „ich bin Psychiaterin und kein Jäger."

„Interessant", Simond huschte ein kurzer Anflug eines Lächelns übers Gesicht, „interessant, Frau Niedermeyer, warum haben Sie sich dann Anfang der achtziger Jahre in Brandenburg an der Waffe ausbilden lassen?"

Frau Niedermeyer nahm ihre Hände vom Tisch und legte diese auf die Oberschenkel, gleichzeitig lehnte sie sich zurück und schlug ihr rechtes Bein über das linke. Wäre da nicht das kurze Zucken in ihrem Augenlid für den Bruchteil einer Sekunde gewesen, hätte man ihr die durchaus gut gespielte Gelassenheit glattweg abnehmen können.

„Ich habe keine Waffenbesitzkarte und ich war nicht in Brandenburg", sagte sie streng.

„Nun gut", begann Simond erneut, „das Eine glaube ich ihnen, das Andere nicht! Eine Waffenbesitzkarte, das ist in Ihren Kreisen nicht üblich, aber in Brandenburg waren Sie mit Sicherheit!"

„Was erlauben Sie sich!" Frau Niedermeyer war wieder an den Tisch rangerückt und hatte die Hände zu Fäusten geballt auf den Tisch gelegt. Sie nahm das Mikrofon und sagte langsam und betont: „Ich war nicht in Brandenburg", bevor sie dieses zurück auf den Tisch stellte.

„Ich muss mich entschuldigen, Frau Niedermeyer", antwortete Simond betont gelassen auf die schon recht emotionale Reaktion seines Gegenüber, „ich muss mich präziser ausdrücken. Ich meinte natürlich Wartin in Brandenburg, wo Sie von der Staatssicherheit im Rahmen der Aktion 'Stern I' mit anderen Mitgliedern der Rote Armee Fraktion an hochmodernen Schnellfeuerwaffen zu Scharfschützen ausgebildet wurden."

„Es reicht", sagte Frau Niedermeyer, diesmal sichtlich erregt, „bloß weil ich damals in die DDR gegangen bin, muss ich mir solche Unterstellungen nicht gefallen lassen! Sie haben doch keine Ahnung von dieser Zeit! Mein Vater, ein überzeugter Nazi, auch noch nach dem Krieg. Es kam zur großen Koalition, mit einem Ex-NSDAP Mitglied als Kanzler. Der Vietnamkrieg, den diese Regierung unterstützte. Die Springer Presse inszenierte eine Hetzjagd auf uns Linken. Ich, Mitglied bei der KPD mit drohendem Berufsverbot, falls ich überhaupt mal irgendwann einen Studienplatz bekommen hätte. In Göttingen und Umgebung traf sich die Elite der Rechtsradikalen. Wissen Sie, wie oft ich mir zuhause anhören musste, wenn es dir hier nicht passt, dann geh doch in die Zone? Oder, noch besser, euch alle in einen Sack und über die Mauer schmeißen! Irgendwann habe ich das dann gemacht. Dort habe ich dann alle Chancen gehabt, mich beruflich zu verwirklichen."

„Interessant", Moulin, der bis jetzt nur zugehört hatte, meldete sich nun zu Wort, „und von einem Tag auf den anderen waren Sie dort, in der DDR, ein völlig unpolitischer Mensch? Oder haben Sie vielleicht versucht, es diesen Leuten, die Sie zu diesem Schritt gedrängt hatten, heimzuzahlen?"

„Ach, wissen Sie, wenn das in Ihr Weltbild passt, dann bitteschön", sagte Frau Niedermeyer sauer. „Natürlich bin ich kein unpolitischer Mensch geworden. Nach dem Ende des Sozialismus, welches ich immer noch sehr bedaure, ich hoffe, das darf ich so sagen, ohne dass das ein Straftatbestand ist, war das mit meiner politischen Tätigkeit etwas eingeschlafen. Ich habe eine Erbschaft gemacht und bin nach Göttingen zurückgekommen. Also, was wollen Sie denn eigentlich von mir?"

„Etwas mehr Kooperation wäre hilfreich", antwortete Simond lächelnd, „wissen Sie, wir glauben nicht an Zufälle, zum Beispiel, dass ausgerechnet ein ehemaliges Mitglied einer Stasi-Eliteeinheit sich bei Ihnen ein Rezept abholt, und dass noch eine weitere Person, die in Brandenburg eine Waffenausbildung genossen hat, auch bei Ihnen ein- und ausgegangen ist."

„Keine Ahnung, was meine Patienten privat machen", erwiderte Frau Niedermeyer etwas ungelenk schnippisch, „das interessiert mich auch nicht."

„Machten, Frau Niedermeyer, machten. Vergangenheit. Einer der beiden ist tot, sagen Sie bloß, das haben Sie nicht mitbekommen. Überfahren, von demjenigen, dem Sie das Rezept ausgestellt haben."

„Also, wie gesagt, keine Ahnung, was ich damit zu tun haben soll." Die Nervosität war Frau Niedermeyer nun deutlich anzumerken.

„Ach, ich hätte da auch noch eine Frage."

Simond, Renard und Moulin drehten sich fast synchron um. Sie hatten fast vergessen, dass sie in Stürmers Büro saßen, der die ganze Zeit still in der Ecke an seinem Schreibtisch mitgehört hatte.

Stürmer stand auf und ging zu dem Tisch, an dem die Befragung stattfand.

„Warum haben Sie eigentlich eine Rose an dem zerstörten Denkmal abgelegt? Wegen Conny oder wegen Johnny?"

„Sie müssen mich verwechseln", antwortete Frau Niedermeyer nach einer längeren Pause, „ich sage jetzt gar nichts mehr."

„Ist auch nicht nötig. Wir haben auch keine Fragen mehr", sagte Simond lächelnd, „jedenfalls momentan nicht", vervollständigte er seine Aussage und blickte zu Renard und Moulin, die beide zustimmend nickten.

„Dann kann ich jetzt gehen?", fragte Frau Niedermeyer, immer noch verunsichert.

„Ja, natürlich, aber", Simond machte bewusst eine längere Pause, „wenn Erich Lehmann nochmal ein Rezept braucht, dann melden Sie sich doch bitte bei uns. Und seien Sie vorsichtig, dieser Mann ist gefährlich."

„Was meint ihr?" Simond schaute in die Runde. „Wollen wir die andere Niedermeyer, diese Psychologin, auch vorladen?"

„Soweit ich in Erfahrung bringen konnte, handelt es sich dabei um die Tochter", sagte Stürmer.

„Ach, ich glaube, das ist noch nicht nötig, wir haben fürs erste genug Staub aufgewirbelt", winkte Moulin ab.

Darauf hatte Georg gewartet, er schlug, gemäß dem Hinweis auf der Titelseite, die Seite drei des Göttinger Wochenblattes auf und überflog hastig den Artikel von Professor Schramm.

„Pestinfektion ein Einzelfall in Göttingen. Weitere Infektionen konnten durch das professionelle Handeln aller Beteiligten vermieden werden. Es handelte sich bei dem Erreger um die besonders aggressive Lungenpest, die meist durch Tröpfcheninfektion übertragen wird. Des Weiteren wird darum gebeten, auf auffällige streunende Haustiere zu achten, die als mögliche Überträger in Betracht kommen."

Georg schlug die Zeitung hastig zu und überlegte. Er war die letzten Tage öfter am Haus der Kowalke vorbeigefahren und mehrfach versucht gewesen, zu klingeln, denn die Frau wusste eindeutig mehr. Doch jedes Mal schien niemand zu Hause zu sein, kein Licht war zu sehen. Doch heute war er entschlossen. Er würde ganz einfach klingeln, mehr als wegschicken konnte sie ihn nicht.

Die ganze Fahrt über dorthin hatte er überlegt, wie er anfangen sollte. Er hatte eine Skizze von dem verschlossenen Eingang des Ganges gemacht, den der Hobbyarchäologe gefunden hatte, sowie das Foto von dem auf dem Stein entdeckten Symbol ausgedruckt. Je länger er darüber nachdachte, um so mehr favorisierte er die Variante, ihr das Foto ganz einfach vors Gesicht zu halten und ihre Reaktion abzuwarten. Und für den Fall, dass sie nicht zu Hause war, wollte er seine Telefonnummer auf die Rückseite schreiben und es in den Briefkasten werfen. Andererseits, ob sie wirklich in die Arbeit ihres Mannes involviert gewesen ist?

Georg war erschrocken, dass er sich schon direkt vor dem Haus befand. Er war wie in Trance gefahren, so sehr beschäftigte ihn das alles. Er parkte sein Auto und betrachtete das Grundstück. Das Haus sah genauso unbelebt aus wie die letzten Male, als er vorbeigefahren war. Doch Georg war fest entschlossen, heute würde er klingeln. Er zog nochmals das Foto aus der Tasche, die auf dem Beifahrersitz lag, und betrachtete es. Was diese Handys alles können, ging es ihm durch den Kopf. Als er angefangen hatte, Journalismus zu studieren, musste er immer eine ganze Tasche an Fotoausrüstung mitschleppen, um im Fall der Fälle vernünftige Bilder machen zu können. Dann kam das bange Warten, ob diese nach dem Entwickeln überhaupt die erwartete Qualität lieferten. Es war schon der Wahnsinn, was heute alles möglich war. Aber gleichzeitig war diese Digitalisierung auch der Ursprung seines beruflichen Niedergangs. Heute konnte jeder alles in den sozialen Netzwerken posten und kein Korrektiv schaute darauf, ob das so in Ordnung war. Wie hatte der alte Springer schon damals gesagt? „Wahr ist, was in der Zeitung steht!" Heute waren das halt die sozialen Netzwerke, die die Meinung bildeten und vervielfältigten, auch wenn es der reinste Dünnpfiff war. Die Kehrseite der schönen neuen, digitalen Welt. Er hatte sich die ganzen Posts über den Pestfall in Göttingen gar nicht durchgelesen, er war sogar soweit gegangen, die Facebook App von seinem Smartphone zu löschen, so groß war der Datenmüll, den er jeden Tag über sich ergehen lassen musste.

Nun gut, Georg wollte nicht wieder ins Grübeln kommen, wie so oft in der letzten Zeit. Er konnte nur für sich selbst Entscheidungen treffen und nicht die Welt verändern.

Georg notierte noch kurz seine Telefonnummer auf der Rückseite, dann steckte er das Foto zurück in die Tasche und stieg aus. Das Haus der Kowalkes war in einem erbarmungswürdigen Zustand. Er hatte den Eindruck, dass der Bewuchs, der sich rundherum breitmachte, seit seinem letzten Besuch noch zugenommen hatte. Eigentlich war es kaum vorstellbar, dass dort noch jemand lebte.

Als er die Straße überquert hatte, nahm er als erstes den übervollen Briefkasten wahr, die letzte Ausgabe der Tageszeitung hatte der Postbote schon zur Hälfte durch den alten Briefschlitz geschoben, der sonst ein stiefmütterliches

Dasein fristete. Als er genauer hinschaute, bemerkte Georg, dass schon die Ausgabe der letzten Woche darunter klemmte. Er überlegte, ob die alte Frau vielleicht verreist sei. Eigentlich nicht vorstellbar.

Er drückte den Klingelknopf eine geraume Zeit und legte, nachdem sich nichts tat, das Ohr an die Tür. Nichts, nicht das geringste Geräusch. In den Urlaub gefahren, vielleicht, aber was hatte sie dann mit den ganzen Katzen angestellt? Eine Katzenklappe, so dass die Tiere zumindest nach draußen gekonnt hätten, war auch nicht zu sehen. Nein, die alte Frau musste zu Hause sein. Georg klingelte nochmals, aber noch immer regte sich nichts im Haus.

Plötzlich schoss ihm ein Gedanke durch den Kopf. Es wird ihr doch nichts passiert sein? Wie oft hörte man, dass alte, alleinstehende Menschen erst nach Wochen in ihrer Wohnung aufgefunden wurden. Georg bekam eine Gänsehaut. Der Gedanke wurde immer stärker. Er ging in seiner Erinnerung seinen letzten Besuch nochmal durch. In der Küche hatte er weder Gardinen noch Vorhänge gesehen, er beschloss, einen Blick zu riskieren. Er stieg über den desolaten Jägerzaun und bahnte sich einen Weg durch das übermannshohe Gestrüpp.

Das Küchenfenster war mit Spinnweben von der Außenseite regelrecht zugewebt. Georg brach einen Ast ab, um diese zu entfernen. Doch viel zu erkennen war nach dieser Aktion trotzdem nicht. Dann nahm er ein Papiertaschentuch aus der Hosentasche und wischte die Scheibe an einer Stelle sauber. Eine pelzige Schicht kam an der Stelle zum Vorschein. Er überlegte kurz, und wischte dann etwas großflächiger weiter. Nachdem er den weiteren Abschnitt gesäubert hatte, kam ein Katzenkopf zum

Vorschein. Georg klopfte gegen das Fenster, um das Tier aufzuscheuchen, damit er einen besseren Blick in das Zimmer bekäme, doch nichts passierte. Die Katze schien fest zu schlafen.

Aber, das war doch nicht möglich, dass er dieses Tier nicht wach bekam! Galten Katzen doch als äußerst schreckhaft. Georg klopfte noch etwas fester gegen die Scheibe, wieder ohne Erfolg. Er überlegte. Oberhalb des Körpers der Katze war die Scheibe auch von innen voll mit Spinnweben, die sich schon schwarz eingefärbt hatten. So konnte er nichts sehen. Die Taschenlampe!

Froh über diesen Einfall griff Georg in seine Hosentasche und holte die Lampe heraus, die er an seinem Schlüsselbund befestigt hatte. Nur gut, dass er vor kurzem die Batterien gewechselt hatte. Georg leuchtete durch das Fenster in den Raum. Er versuchte, den Lichtkegel an der Katze vorbeizulenken und zuckte vor Schreck zusammen. Die Augen der Katze waren weit aufgerissen und reflektierten im Licht der Lampe, und aus dem Maul war Blut getropft, welches schon angetrocknet schien. Das Tier war definitiv tot. Nun versuchte er, mehr in dem Zimmer zu erkennen.

Im Lichtkegel kamen nun die Beine des Tisches zum Vorschein, an dem Frau Kowalke bei seinem letzten Besuch gesessen hatte. Georg musste in die Knie gehen, um seinen Blickwinkel zu verändern. Nun kam auch ein Stuhl in den Lichtschein, auf dem die alte Frau saß. Vor ihren Füßen lagen weitere drei Katzen, alle mit weit aufgerissenen Augen und Blut, das aus den Mäulern gelaufen war.

Angst ergriff ihn, was war hier los? Er duckte sich noch tiefer, um so das Gesicht der Frau zu erkennen. Er ließ den Schein der Taschenlampe langsam den Körper hochgleiten. Auf dem Schoß der Frau lagen zwei weitere Katzen, die anscheinend ebenfalls tot waren. Georg bekam Gänsehaut, seine Angst wurde immer größer. Was war hier nur passiert? War Frau Kowalke auch tot und die Katzen verhungert, oder was war geschehen?

Er nahm seinen ganzen Mut zusammen und leuchtete der Frau ins Gesicht. Dann wurde ihm schlagartig übel, er wandte sich ab und musste sich übergeben. Das, was er gerade gesehen hatte, wollte er sich kein zweites Mal antun.

Er wischte sich mit dem Handrücken den Mund ab und versuchte aufzustehen. Ihm war schwindlig. Georg hielt sich an einem Strauch des Unterholzes fest und konnte sich so aufrichten. Dann taumelte er zurück zu seinem Auto und setzte sich hinein. Er zitterte noch immer am ganzen Körper. Im Laufe seiner Zeit als Journalist hatte er schon so einiges gesehen. Aber das Gesicht dieser Frau, bei der es sich höchstwahrscheinlich um Frau Kowalke handelte, hatte sich wie ein Standbild in seinem Kopf verewigt.

Frau Doktor Bremer hatte das Bedürfnis, sich die Stirn abzuwischen, und das, obwohl sie diesen Schutzanzug gerade erst angezogen hatte. Die ganze Szenerie erinnerte sie an diesen amerikanischen Film, „Outbreak". Sie hatte immer noch die Hoffnung, dass der ganze Aufwand für umsonst war, aber demzufolge, was dieser Journalist erzählt hatte …

Gerade hatte sich die ganze Situation beruhigt, nachdem Professor Schramm in der Zeitung Entwarnung gegeben hatte. Aber die Beschreibung der Katzen, es konnte gut möglich sein, dass sie an der Lungenpest gestorben waren. Wenn sie allerdings an die Beschreibung der Frau dachte, bekam sie schon bei dem Gedanken ein flaues Gefühl. Aber noch waren die Kollegen von der Spurensicherung zugange.

Sie hatten nun schon den zwölften Katzenkadaver, luftdicht in transparente Behälter verpackt, in einen Transporter verbracht. Doch zwei sollten noch auf dem Schoß der toten Frau liegen, die auch bis zu ihrer Augenscheinnahme dort liegenbleiben sollten.

Frau Doktor Bremer holte tief Luft, was mit dem Atemschutz schon etwas schwierig war. Die Kollegen hatten ihr zugewunken, sie konnte das Haus jetzt betreten. Augen zu und durch, sagte sie zu sich selbst, und ging los.

Die Scheinwerfer, die man im Haus platziert hatte, leuchteten den Flur richtig hell aus. Schwer vorstellbar, dass hier noch jemand gewohnt hatte, der äußere Eindruck des Hauses war das Eine, aber drinnen schien alles noch etwas schlimmer. Die geblümte Tapete war nur noch stellenweise zu erkennen, diese großflächigen Blätter waren wohl einmal Sonnenblumen. Diese Muster hatte man in den Achtzigern häufig verwendet. Und seit dieser Zeit hatte sich anscheinend der Schimmel von den Ecken des Raumes her immer weiter ausgebreitet, der Fußboden war von einem Teppich aus Tierhaaren übersät, stellenweise von Urinflecken und Katzenkot unterbrochen. An mehreren Stellen waren mit gelber Kreide die Fundorte der Katzen markiert, in allen waren Reste von blutigem Auswurf zu erkennen, die schon mit pelzigem Schimmel überzogen waren.

Schon ohne die großflächigen Spinnweben unter der Decke wäre dieser Raum wohl der Renner in jeder Geisterbahn. Kurz vor dem Eingang zur Küche, deren Tür offenstand, waren einige Glasscherben mit einer grünen Kreideumrandung versehen. Ein Stück davon schien nicht vollständig zerborsten zu sein. Doktor Bremer ging etwas näher heran, es schien eine Art Glaszylinder gewesen zu sein, der auf der unversehrten Seite mit einem Metalldeckel verschlossen gewesen war, der diese Seite des Behälters davor bewahrt hatte, ebenfalls in kleine Stücke zu zerspringen.

Sie schaute an die Wand über den Scherben, an der ein kleiner Abdruck zu sehen war, der ebenfalls grün markiert war. Nun gut, dachte sie und musste sich eingestehen, dass dies alles nicht das war, was sie sich hier anschauen sollte. Sie hatte sich nun schon genügend Zeit gelassen, sie sagte zu sich selbst halblaut: „Okay", atmete langsam aus und betrat die Küche.

Ein Scheinwerfer beleuchtete die ganze Szenerie mit gleißendem Licht. Was bei normaler Beleuchtung noch einigermaßen erträglich erschien, löste so nur ein verständnisloses Kopfschütteln bei Frau Doktor Bremer aus. So etwas hatte sie noch nie zuvor gesehen. Älter werden ohne Familie und jedwede Unterstützung – hier war ein abschreckendes Beispiel dafür. Hier hatte die Böseckendorfer Dorfgemeinschaft, die bei der gemeinsamen Flucht exzellent funktioniert hatte, total versagt. Anders war es nicht zu erklären, dass diese Frau so vereinsamt war.

Doktor Bremer spürte, dass sie sich immer noch vor dem geschilderten Anblick der Frau fürchtete. Es war zwar nicht ihre erste Leiche, aber egal, sie bemerkte, dass jemand von der Spurensicherung die Küche betreten hatte und wollte auf keinen Fall unprofessionell wirken. Sie drehte sich kurz um, nickte dem Kollegen, der seinen Fotoapparat in Stellung brachte, zu und blickte danach fest entschlossen in Richtung der Leiche.

Ihr erster Blick wurde durch das Blitzlicht des Fotografen verstärkt. Sie registrierte, wie sie am ganzen Körper Gänsehaut bekam. Dieser Reporter hatte nicht übertrieben. Sie musste näher herantreten, um das, was hier geschehen war, zu verstehen. Ihre Hände schwitzten in den Handschuhen und sie brauchte mehrere Versuche, um das Diktiergerät zu starten. Noch nie in ihrer beruflichen Laufbahn war es ihr so schwergefallen, sich zu konzentrieren.

Die tote Frau saß da, als wäre sie in dieser Position eingeschlafen. Die Hände hatte sie auf ihrem Schoß liegen. Die genaue Stellung der Hände ließ sich nicht erkennen, da die toten Katzen darüber lagen. Wahrscheinlich hatten sich die Tiere erst nach dem Tod der Frau dorthin gelegt. Der linke Fuß schien merkwürdig abgeknickt. Der Oberkörper lehnte aufrecht an der Rückenlehne des Stuhls, der Schulterbereich war leicht nach vorn gebeugt. Am freiliegenden Hals waren mehrere Kratzspuren zu erkennen. Ihr Kopf war nach hinten überstreckt und zur Seite gedreht, als hätte sie in den letzten Minuten vor ihrem Ableben aus dem Fenster geschaut. Der Mund war weit geöffnet, was durch die fehlenden Lippen noch größer wirkte.

Doktor Bremer ging noch etwas näher heran, um das Gesicht nun komplett in Augenschein zu nehmen. Nicht nur die Lippen, auch die Nase war bis auf das Nasenbein abgetrennt, die Augenhöhlen waren ebenfalls leer, die Augenlider nicht mehr vorhanden. Sie schob die Kopfhaare der Frau etwas zur Seite, damit die Ohren frei lagen, das eine sah vollständig aus, das dem Stuhl abgewandte fehlte zur Hälfte. Über den, ebenfalls nur noch teilweise vorhandenen, Augenbrauen war die Stirn massiv zerkratzt. Aus ihrem Mund war ein blutiger Auswurf gelaufen, der an der Wange stellenweise abgewischt schien. Was war hier nur passiert?

Frau Doktor Bremer schwitzte nun am ganzen Körper, ihr war übel und das Denken fiel ihr schwer. Sie trat etwas zur Seite, so dass der Scheinwerfer ohne ihren Schatten das Gesicht der toten Frau ausleuchten konnte. Kein Zweifel, die fehlenden Stellen waren abgebissen und die Augen ausgekratzt worden. Sie schaute sich im Zimmer um, konnte die Körperteile aber nirgendwo entdecken. Es war nicht anders möglich. Die Katzen mussten ihre Besitzerin überlebt und deren Weichteile aufgefressen haben, nachdem sie kein Futter mehr bekommen hatten, bevor sie dann selbst verendet waren.

Sie sprach ihre Hypothese auf Band und wies die Spurensicherung an, die Katzen, die auf dem Schoß der Toten lagen, zu entfernen.

Auch die Hände der Leiche wiesen die gleichen Verletzungen auf. Einige Finger waren bis auf die Knochen abgenagt. Nun erst konnte sie erkennen, dass die betagte Kittelschürze sowie die darunterliegenden Kleidungsstücke der Frau zerrissen waren, vermutlich durch

Kralleneinwirkung. Sie schob die Kleidungsstücke zur Seite. Eine Brust war vollständig abgefressen, die andere zur Hälfte. Wieder musste sie mit ihrer Übelkeit kämpfen, sie hatte das dringende Bedürfnis, dieses Haus zu verlassen. Den Rest konnte sie auch in der Gerichtsmedizin in Augenschein nehmen.

Auf jeden Fall musste sie sich umgehend mit diesem Professor Schramm in Verbindung setzen. Der blutige Auswurf bei den Katzen und bei der Frau könnte auf die Lungenpest hindeuten, den Körper musste sie später noch genauer untersuchen. Aber eines war jetzt schon klar, die Vorsichtsmaßnahmen, die sie vor Betreten des Hauses angeordnet hatte, schienen keineswegs übertrieben.

„Okay, alles klar, wir kommen. Könnten Sie uns begleiten?"

Stürmer machte eine kurze Pause, die ihm selbst wie eine Ewigkeit vorkam. Jetzt nur nicht zu euphorisch wirken, dachte er sich, obwohl er vor Freude hätte in die Luft springen können. Die Ermittler von Europol fragten ihn, ob er sie begleiten könnte. Er war zwar als Erster zu dem Haus in Angerstein gerufen worden und hatte die richtigen Entscheidungen getroffen. Aber eigentlich hatte er gedacht, nachdem feststand, dass es sich tatsächlich um die Pest handelte, dass er nichts mehr mit dem Fall zu tun haben würde. Doch nun sollte er als lokaler Ermittler die Beamten von Europol unterstützen.

„Gut", antwortete Stürmer betont gelassen, „ich habe gerade etwas Zeit." Anscheinend waren seine Erfahrungen aus den Achtzigern nun doch gefragt. Obwohl ihm der

Zusammenhang zwischen dieser Zeit, der Pest und dem Unfall mit Fahrerflucht noch nicht so ganz einleuchtete. Wenn er ganz ehrlich war, hatte er keinen blassen Schimmer. Doch sein Chef hatte gemeint, während er ihm die Telefonnummer in die Hand drückte, dass ein Ermittler von Europol, ein gewisser Simond, darauf bestanden hatte, von Stürmer auf den neuesten Stand gebracht zu werden.

Renard nahm nochmals das kleine Marmeladenglas in die Hand, um es mit Schwung erneut durch den Briefschlitz der Haustür der Kowalkes zu werfen. „Könnte so gewesen sein. Um sicher zu gehen, müssten wir ein Gefäß mit dem exakten Gewicht benutzen. Auf jeden Fall stimmt die Wurfbahn. Das verplombte Gefäß war mit Sicherheit leichter, das würde erklären, warum es an der Wand zerschellt ist, und nicht auf dem Fußboden davor. Andererseits könnte auch ein Beschleuniger benutzt worden sein, so eine Art Abschussvorrichtung."
Simond und Moulin nickten.
„Gut", sagte Moulin, „aber warum hier? Die letzten Pestfälle waren bei Hobbyarchäologen aufgetreten, und nicht bei alten Frauen mit Katzen."
„Was haben Sie gerade gesagt, Archäologen?", Stürmer hatte bis jetzt geschwiegen und gebannt dem Treiben der Ermittler zugesehen.
„Ja, warum?", entgegnete Simond, „neugierig?"
„Das ist eine längere Geschichte, die ich ihnen in Ruhe erklären muss", begann Stürmer, „aber soviel im voraus. Der verschwundene Mann der Toten arbeitete beim

Denkmalschutz und war für die Burg Plesse und die Wallanlagen in Göttingen zuständig."

„Was meinen Sie mit zuständig?", wollte Simond wissen.

„Nun, soweit ich in der Akte gelesen habe, hat er dort unter anderem Ausgrabungen geleitet. Ich habe mich routinemäßig mit dem alten Fall beschäftigt, nach dem Tod von Frau Kowalke. Und, was für Sie besonders interessant sein könnte, wie auch bei der Psychiaterin, die Sie letztens vernommen haben, wurden dem Mann von Frau Kowalke ebenfalls Verbindungen zum Geheimdienst der DDR nachgesagt. Übrigens, die ganze Straße, in der wir uns befinden, hat eine ganz besondere Geschichte."

„Wir sind gespannt", erwiderte Simond stellvertretend für seine Kollegen, die zustimmend nickten. „Das interessiert uns bestimmt", ergänzte Renard, „wenn es möglich ist, könnten Sie uns die alte Akte besorgen."

„Sicherlich, das ist möglich, kein Problem." Stürmer fühlte sich gut, er hatte seit langer Zeit wieder mal das Gefühl, gebraucht zu werden, nicht ständig geschnitten zu werden, wie es die junge Frau Doktor gern machte. Wenn nicht er, wer sollte diesen Kommissaren von Europol sonst etwas über diese Zeit erzählen können, die unruhigen Achtziger, in denen sämtliche Fäden zusammenzulaufen schienen.

„Haben Sie einen Vorschlag, wo wir gut essen gehen könnten", fragte Simond Stürmer, „dann können wir das heute Abend bei einem Glas Wein oder Bier besprechen."

„Ja, klar", antwortete Stürmer wie aus der Pistole geschossen, „italienisch, da gibt es eine gute Trattoria." Stürmer ging zwar nur zu besonderen Anlässen dort essen, weil häufige Besuche ganz einfach seine Gehaltsstufe nicht zulassen würde. Aber, wenn das heute kein besonderer Anlass war, wann dann.

„Klingt gut", sagte Simond lächelnd, „ich glaube, wir sind hier fertig, dann also bis heute Abend."

„Merde!" Simond nach das Schreiben genau in Augenschein.

„Keine Fingerabdrücke", erklärte Stürmer, nachdem er ihm den Ausdruck übergeben hatte, „die Signatur des Druckers führt uns zur Unibibliothek. Natürlich kann sich niemand daran erinnern, wer das ausgedruckt hatte. Der Zugang stammt von einem Studenten, der sich im ersten Semester befindet und sich alle Passwörter aufgeschrieben hatte, und diesen Zettel dann leichtsinnigerweise auf dem Tisch liegenließ. Eine Kameraüberwachung gibt es natürlich auch nicht."

„Erstaunlich", Simond schaute zu Renard, „wenn es die sind, die wir vermuten, dann passt dieses Vorgehen gar nicht zu ihnen."

„Obwohl", gab Moulin zu bedenken, „ob die sich schon von dem Schlag gegen das 'Rote Netz' erholt haben? Ich wage es zu bezweifeln."

Simond schaute sich um. Stürmer hatte extra einen Tisch in einer ruhigen Ecke de Trattoria reservieren lassen, die vollständig mit Weinregalen umstellt war, wo sie zwar ungestört waren, aber man konnte nicht vorsichtig genug sein. Simond las den Ausdruck mit leiser Stimme vor. Sein französischer Akzent verlieh der Aussage etwas durchaus Komisches, obwohl die Botschaft alles andere als komisch war. „Zehn Millionen in Bitcoin auf folgendes Konto überweisen, ansonsten wird die Gefahr erneuter Pestinfektionen exorbitant steigen."

„Wem dieses Konto gehört, ist natürlich auch nicht nachvollziehbar. Das kann überall auf der Welt sein. Aber unsere IT-ler sind dran", sagte Stürmer und untermalte das mit einem Schulterzucken.

„Ich werde mir das nochmal ansehen", meinte Renard, „die Information scheint mir aber nicht schlüssig, wie sagt man auf Deutsch, so pseudointellektuell. Und gleichzeitig ohne Beweis, dass der- oder diejenige wirklich etwas mit den letzten Pestinfektionen zu tun hatte. Alles in allem sehr seltsam."

Georg lief der Schweiß den Rücken herunter. Seitdem er die Vorladung im Briefkasten hatte, war er nicht mehr zur Ruhe gekommen. „Zu Kommissar Stürmer, Zimmer 247", er hatte die Vorladung an der Pforte abgegeben und vor dem Zimmer mit der angegebenen Nummer Platz genommen. Natürlich war er viel zu früh da, was der zunehmenden Nervosität keinen Abbruch tat, ganz im Gegenteil. Die Rechtsbelehrung und der fehlende Zusatz, dass es sich um eine Zeugenbefragung handelte, machten die Vorladung brisant.

Georg konnte sich zwar nicht vorstellen, dass man ihm unterstellte, dass er etwas mit dem Tod der alten Frau zu tun hätte, aber vielleicht hatten die ja was von seinen Recherchen mitbekommen. Er traute Dieter durchaus zu, seine Informationen mehrfach verkauft zu haben. In Georg kam ein diffuses Gefühl der Wut auf. Da hatte er dem Typen Geld gegeben, welches er eigentlich für andere

Sachen dringender brauchen würde, und dann zog der ihn da rein. Er grübelte, ob er die Kohle zurückfordern sollte, wenn sich seine Vermutung bestätigte, aber wie sollte er beweisen, dass er ihm überhaupt Geld gegeben hatte?

„Sie sind der Journalist, der die alte Frau gefunden hat? Herr Hoffmann?"

Georg erschrak, so sehr hatten ihn diese Gedanken in Beschlag genommen, dass er deutlich sichtbar zusammenzuckte.

„Ja", erwiderte er nur kurz und versuchte, seinem Gegenüber nicht ins Gesicht zu schauen.

„Haben Sie noch einen Moment Geduld, der Kollege vom Erkennungsdienst holt Sie gleich ab."

Nachdem Georg wieder zurück war, kam nach einigen Minuten ein Kommissar aus dem Zimmer. „Na, dann kommen Sie mal rein. Stürmer ist mein Name. Ich bin der Ermittler in diesem Fall."

Georg betrat den Raum und wurde schlagartig noch nervöser. Da saßen noch drei weitere Männer am Tisch, an dem er Platz nehmen sollte. Was für ein Aufwand.

„Setzen Sie sich bitte, Herr Hoffmann." Der Mann, der Georg den Stuhl vor dem Mikrofon zuwies, hatte einen französischen Akzent und fixierte ihn streng. „Moulin mein Name, das sind meine Kollegen Renard und Simond von Europol."

Nun lief Georg der Schweiß in Strömen. Er nahm ein Taschentuch aus seiner Hosentasche, um sich diesen von der Stirn zu wischen. Worauf hatte er sich da nur eingelassen?

„Nun, Herr Hoffmann", begann Stürmer, „was wollten Sie denn von der alten Frau?"

„Was hat ihnen dieser Typ denn erzählt?", konterte Georg und ärgerte sich im gleichen Moment über seine voreilige Gegenfrage. Er hatte ohne Not die Existenz eines Informanten preisgegeben. Das absolute No-Go, welches einem Journalisten nicht passieren durfte.

„Welcher Typ denn?", Stürmer schaute Georg direkt in die Augen.

Georg atmete tief durch.

„Welcher Typ?", wiederholte Stürmer seine Frage.

„Das kann ich nicht sagen, das geht nicht. Es handelt sich dabei um einen Informanten."

„Also gut", übernahm Simond, „das ehrt Sie, Herr Hoffmann, dass Sie ihren Informanten nicht preisgegeben. Aber nichtsdestotrotz können Sie uns vielleicht erklären, was Sie an diesem Haus gemacht haben, vor allem, woher Sie gewusst haben, dass es sich bei der Todesursache von Frau Kowalke um Pest handelte."

Georg lief rot an: „Das wusste ich gar nicht."

„Das glaube ich nicht", übernahm nun Moulin, er nahm das Diktiergerät, welches vor ihm auf dem Tisch lag, und spielte den Notruf ab. „Das sind doch Sie, eindeutig, Ihre Mobilnummer und auch Ihre Stimme. Genauso eindeutig reden Sie von Pest. Soll ich es Ihnen nochmal vorspielen?" Moulin zog die Augenbrauen hoch und sah Georg abwartend an. „Meinen Sie nicht, es ist Zeit für die Wahrheit?"

Georg ging eine Menge zeitgleich durch den Kopf. Sein Vater, der sich wegen seiner Krankheit nur noch sporadisch an das erinnerte, was damals in Böseckendorf passiert war, die Gemeinschaftsflucht eines ganzen Dorfes. Die Rolle, die Kowalke damals spielte, war Georg bis heute unklar.

Die Wandlung dieses Mannes vom Handlungsreisenden in der DDR zum Mitarbeiter beim Denkmalschutz in Göttingen, der Ausgrabungen veranlasste, genau an der Burg, wo Georg die gleichen Hinweise gefunden hatte wie im alten Gefängnis des historischen Heizungskellers des Rathauses in Göttingen. Er konnte jetzt nicht alle seine Karten auf den Tisch legen. Dann wären seine tausend Euro für umsonst gewesen.

Georg atmete nochmals tief ein und begann, leise zu reden. Er hatte die merkwürdige Hoffnung, dass diese seltsamen Ausländer ihn dann vielleicht nicht richtig verstehen würden.

„Ich bin da an einer Story dran, in der der vermisste Ehemann der toten Frau eine Rolle spielt."

„Interessant", entgegnete Stürmer nickend, „und welche wäre das genau?"

„Das kann ich nicht sagen", erwiderte Georg barsch.

„Haben Sie Geldprobleme?", legte Stürmer nach.

Georg merkte, wie er wieder rot anlief und seine Hände zitterten. „Wie, Geldprobleme, nicht mehr als andere auch", antwortete er, nun schon deutlich lauter.

„Zehn Millionen, das würde fürs Erste schon mal helfen", Stürmer zog die Stirn in Falten und sah Georg direkt in die Augen.

„Ich weiß nicht, wovon Sie reden", sagte Georg ängstlich. Ein Anflug von Panik lähmte seine Gedanken. Was passierte hier gerade? Am liebsten wäre er aufgestanden und gegangen. Was immer die von ihm wollten, damit wollte er nichts zu tun haben. Aber so einfach schien das nicht zu sein.

Simond trommelte mit dem Finger auf den Tisch und begann zu sprechen.

„Woher haben sie die Glaspatronen mit dem Pestaerosol, und was haben Sie als Nächstes vor, wenn Ihre Forderungen nicht erfüllt werden?"

Nun schauten alle vier erwartungsvoll auf Georg. Dessen Augen wurden immer größer und die Falte zwischen seinen Augenbrauen noch tiefer. Der Schweiß von seiner Stirn lief stärker und Georg versuchte mit zitternden Händen nochmals, das Taschentuch aus seiner Hosentasche zu bekommen.

Die drei französischen Kommissare tauschten Blicke aus. Ihrer Erfahrung nach sagte dieser Journalist, zumindest was den zweiten Teil der Vernehmung betraf, die Wahrheit, sonst müsste er schon ein ziemlich guter Schauspieler sein. Zu deutlich waren die Reaktionen, als Simond die Glaspatronen angesprochen hatte. Aber er wusste eindeutig mehr, als er zugab. Machte es Sinn, dass er nichts von der Patrone wusste, aber gleichzeitig angeblich sofort erkannt hatte, dass es sich um Pest handelte?

„Herr Hoffmann, Sie würden uns weiterhelfen, wenn Sie nun endlich mal erklären könnten, woher Sie wussten, dass die Frau an Pest gestorben ist."

Georg grübelte nach, eigentlich war es mehr so ein Gefühl gewesen, das mit der Pest, er hatte, wie mindestens drei Viertel aller Einwohner Göttingens, über die Krankheit im Internet recherchiert. Vor allem über Symptome und Ansteckungsgefahren. Er überlegte, wie er das den Polizisten am unverfänglichsten erklären konnte, als er plötzlich an das Foto denken musste, das ihm Dieter von dem Schacht gezeigt hatte. Darauf war auch eine Art

Glasbehälter zu sehen gewesen. Plötzlich wurde ihm übel. Er war erleichtert, dass er noch nicht in den Gang eingestiegen war. Konnte es sein, dass sich der Hobbyarchäologe auch an so einer Pestpatrone infiziert hatte? Und wie kam so etwas in solch einen alten Gang?

„Herr Hoffmann, wir warten auf eine Antwort", sagte Stürmer mit Nachdruck.

„Das habe ich im Internet recherchiert."

„Okay", resümierte Stürmer, „ich glaube, das macht hier heute keinen Sinn mehr. Sie werden jetzt in Gewahrsam genommen. Dort haben Sie Gelegenheit, noch mal ganz genau nachzudenken, wie das wirklich alles gewesen ist."

„Das können Sie nicht machen!", protestierte Georg und bekam wieder eine Panikattacke.

„Das müssen wir sogar" sagte Renard ruhig und hielt Georg ein Blatt vors Gesicht, „das sind Ihre Fingerabdrücke, die man gerade bei Ihnen abgenommen hat. Übrigens die einzigen im ganzen Haus, die wir dort gefunden haben, und die nicht von Frau Kowalke stammen. Wie sind denn die dahin gekommen? Vielleicht übers Internet?"

Stürmer verließ den Raum, um kurz darauf mit einem uniformierten Polizeibeamten zurückzukommen. „Bitte bringen Sie Herrn Hoffmann in seine Zelle."

„Das ergibt alles keinen Sinn." Renard schüttelte nachdenklich den Kopf. „Ich glaube ganz einfach nicht, dass der etwas mit der Erpressung zu tun hat. Dieser Hoffmann, bei dem ist in der letzten Zeit beruflich zwar nicht alles glatt gelaufen, wie unsere Recherchen zu seiner

Person ergeben haben, aber der hat noch nicht mal einen Punkt in Flensburg, oder so ähnlich."

Simond und Moulin schauten verdutzt: „Flensburg?"

„Ach ja, Stürmer meinte, das sei die deutsche Verkehrssünderkartei", klärte Renard seine Kollegen auf.

„Gut, aber das allein hat doch noch nichts zu sagen, oder?", gab Simond zu bedenken.

„Ich trau dem das ganz einfach nicht zu", Renard schüttelte den Kopf, um seiner Skepsis Nachdruck zu verleihen. „Das ist doch eine Nummer zu groß für den. Jetzt mal ehrlich. Wir hatten zwar keine Vergleichsproben, was den Inhalt dieses Glaszylinders betrifft, aber unstrittig ist, soweit ist unser Labor schon, dass es sich hierbei eindeutig um ein Pestaerosol handelte, und zwar um einen multiresistenten Erreger. Unsere Spezialisten gehen davon aus, dass es sich mit an Sicherheit grenzender Wahrscheinlichkeit um eine biologische Waffe aus russischer Produktion handelt. Ihr müsst euch mal vorstellen, wie unwahrscheinlich pervers das alles ist. Die Dinger waren so klein, die konnte man mit den einfachsten Artilleriegeschützen ganz einfach zehn bis vierzig Kilometer weit hinter die Grenze schießen und warten, bis alle draufgegangen waren, und dann in aller Seelenruhe einmarschieren. Gar nicht vorstellbar, wenn so etwas tatsächlich mal zum Einsatz gekommen wäre."

„Wir hatten hier also einfach nur Glück, dass die alte Frau es nicht geschafft hat, sich aus dem Haus rauszubewegen", stellte Simond fest.

„Richtig", ergänzte Renard, „und noch mehr Glück hatten wir, dass keine von den Katzen herausgekommen ist. Die Skepsis gegen schwarze Katzen kommt ja nicht von ungefähr. Sie standen damals, im Mittelalter, unter

Verdacht, mit ihrem Atem die Pest zu verbreiten, und dementsprechend wurden sie gnadenlos gejagt. Aber nicht nur die schwarzen, die anderen auch."

„Und bei dem Fall mit dem Hobbyarchäologen war es wahrscheinlich der Umstand, dass das ein historischer Gang war, wo er sich infiziert hat, wahrscheinlich an einem verendeten Tier, welches sich dorthin zurückgezogen hatte", überlegte Moulin.

„Schön wäre es", erwiderte Simon, „aber ich glaube nicht daran. Die Existenz von einer Pestpatrone, dabei wird es nicht bleiben. Wir müssen uns nochmal durch die alten Akten wühlen. Irgendwo muss es da einen Hinweis geben. Diesen Hoffmann können wir gehen lassen", schloss er seine Überlegungen ab.

„Aber nicht, bevor er uns erzählt hat, an welcher Story er dran ist und welcher Typ ihn da angeblich verpfiffen hat."

Kommissar Stürmer kratzte sich am Kopf. Dieser Professor Schramm, den Frau Doktor Bremer bei der Obduktion der alten Frau hinzugezogen hatte, war sich absolut sicher. Es war der gleiche Erreger, der auch den Hobbyarchäologen getötet hatte. Seiner Meinung nach die perfideste Variante eines Pesterregers, die bekannt war. Eine Anfrage an die Russische Botschaft hatte natürlich nichts ergeben. Angeblich waren alle chemischen und biologischen Waffen vertragsgemäß zum Ende des Kalten Krieges vernichtet worden.

Stürmer las noch eine ganze Weile in dem Bericht. Viele der fachlichen Begriffe waren für ihn böhmische Dörfer, mit denen er so gar nichts anfangen konnte, doch das

Ergebnis war eindeutig, wie auch der Stempel, „Streng geheim". Dass er, Stürmer, diese Akte überhaupt zu sehen bekam, hatte wahrscheinlich nur damit zu tun, dass er sich mit den französischen Kommissaren ein Büro teilte und ihn dieser Simond bei den Verhören dabei haben wollte.

Was ihm aber noch mehr Sorgen machte, die IT-Abteilung hatte herausgefunden, dass die handwerklichen Fehler, die der Erpresser gemacht hatte, so gravierend waren, dass sie sich sicher waren, dass sie ihm bei der nächsten Kontaktaufnahme auf die Spur kommen würden. Doch es passierte nichts.

Ein Täterprofil, welches von Europol erstellt worden war, legte den Verdacht nahe, dass es sich um einen hochgefährlichen Spezialisten handeln könnte, beispielsweise von einer Spezialeinheit eines Geheimdienstes, dem durch das Fehlen seiner gewohnten Infrastruktur und Kontakte die professionellen Möglichkeiten abhanden gekommen waren. Für die drei Ermittler aus Frankreich war danach alles klar gewesen. Sie fühlten sich bestärkt in ihrem Anfangsverdacht, wonach sie zu ermitteln begannen. Doch für Stürmer war mehr unklar als vorher und er hatte den Eindruck, dass die drei von Europol ihn auch nicht in alles eingeweiht hatten, was sie bereits wussten. Aber das war ja irgendwie normal, zumindest kannte er das vom BKA in den Achtzigern, die mit einer Selbstverständlichkeit die Ermittlungen nach den Unruhen in Göttingen an sich gezogen hatten. Aber nichtsdestotrotz hatte er noch einen Verkehrsunfall mit Todesfolge und Fahrerflucht aufzuklären. Obwohl er den Eindruck hatte, dass das keiner mehr von ihm erwartete.

„So, Herr Hoffmann, haben Sie sich nun überlegt, wie Sie uns das mit den Fingerabdrücken erklären können?", begann Simond das Verhör, nachdem Georg eine Nacht in der Zelle verbracht hatte.

Georg fühlte sich schlecht. Er hatte kaum gefrühstückt, da er irgendwie keinen Hunger hatte. Diese Zelle hatte ihm nicht nur den Schlaf geraubt, sondern war ihm auch gehörig auf den Magen geschlagen.

„Und vor allem wollen wir wissen, was uns dieser Typ gesagt haben soll", ergänzte Moulin seinen Kollegen.

Renard war noch mit dem Studium der Akten beschäftigt, die er am Morgen per Kurier von Europol bekommen hatte. Den Spezialisten war es gelungen, wieder einige Seiten der kreuzgeschredderten Dokumente zu rekonstruieren, die sie in der alten Druckerei in Halle an der Saale sichergestellt hatten. Er schaute gedankenversunken an die Decke, schloss die Akte und versuchte nun ebenfalls, sich auf das Verhör zu konzentrieren.

„Nun, Herr Hoffmann, wir hören", begann Simond erneut. „Nach allem, was wir wissen, sind Sie nicht für den Tod dieser Frau verantwortlich. Auch, dass Sie ein Erpresser sind, halten wir nicht für sehr wahrscheinlich."

„Aber da sind nun mal Ihre Fingerabdrücke, der Anruf, in dem sie von Pest reden", hakte Moulin erneut ein, „und dieser Typ, der uns etwas erzählt haben soll."

Die Panikattacken, die Georg während der gestrigen Vernehmung gelähmt hatten, waren einem Gefühl der tiefen Hilflosigkeit gewichen.

„Also, Herr Hoffmann", fuhr Simond fort, „selbst, wenn Sie kein Mörder und Erpresser sein sollten, bleibt der Vorwurf der Behinderung einer polizeilichen Ermittlung. Was haben Sie in dem Haus von Frau Kowalke gemacht, in welchem Fall haben Sie recherchiert und was hat welcher Typ uns erzählt?"

Georg lief der Schweiß von der Stirn und sein Puls fing an, sich zu beschleunigen. Er hatte keine Lust, noch eine Nacht in der Zelle zu verbringen. Dann fasste er einen Entschluss. Er musste über seinen Schatten springen, auch wenn das hieß, dass er die tausend Euro umsonst investiert hatte.

„Also", begann Georg, wieder betont leise, was Stürmer sofort veranlasste, ihn zu unterbrechen, auf das Mikrofon zu deuten und ihn aufzufordern, lauter zu reden.

„Also", sagte Georg erneut, diesmal in normaler Lautstärke, „irgendwie bin ich mit der Geschichte schon groß geworden. Meine Eltern kamen, genau wie die Kowalkes, aus Böseckendorf. Sind halt, wie fast das ganze Dorf, in einer Nacht- und Nebelaktion aus der ehemaligen DDR geflohen. Dieser Kowalke, jeder wusste oder ahnte irgendwie, dass der bei der Stasi war. Und am Abend vor der Flucht tauchte der zum ersten Mal in dem Saal der Dorfkneipe auf, mit dem Satz: ‚Wir kommen auch mit.' So, wie mir das erzählt wurde, waren die anderen fast panisch und einige wollten nicht mehr flüchten, aus Angst. Aber dann setzten sich die durch, die der Meinung waren, dass es eh schon zu spät war. Wusste die Stasi tatsächlich von ihrem Vorhaben, würde man sie sowieso verhaften und einsperren. Also hatten sie nichts mehr zu verlieren. Einige hatten sich gewundert, dass in der Nacht ihrer Flucht nicht wie üblich Suchscheinwerfer das Dunkel ausleuchteten, deren Lichtspiele sonst jede Nacht am Himmel zu sehen waren, nur ab und zu unterbrochen von Hundegebell oder Schüssen. Dann war für Wochen nur hinter vorgehaltener Hand geredet worden, bis klar war, wer und wie jemand zu Tode gekommen war. Aber in dieser Nacht gab es zufällig einen Stromausfall. Im Dorf fiel zu dieser Zeit häufig der Strom aus, aber im Todesstreifen? Da gab es doch Generatoren... Nun gut, die Flucht war geglückt und im Endeffekt blieb zwar die Skepsis den Kowalkes gegenüber, aber klären ließ sich das eh nicht mehr.

Neue Gerüchte kamen auf, als Kowalke einen Job bei der Denkmalpflege in Göttingen bekam. War er doch zu DDR Zeiten so etwas wie ein Vertreter, Handlungsreisender, hieß es immer hinter vorgehaltener Hand, in der DDR ein Pseudonym für Spione der Staatssicherheit."

Moulin und Renard schauten sich fragend an, bevor Simond seine nächste Frage formulierte.

„Nun gut, Herr Hoffmann, das sind alte Geschichten", sagte er gelassen, „aber die Fingerabdrücke im Haus der alten Frau waren sehr aktuell."

„Ich mache doch jetzt seit neuestem diesen Job bei der Stadtführung, ‚Göttingens Unterwelten', und da habe ich mich natürlich ausgiebig mit diesen ganzen alten Geschichten beschäftigt. Auch mit der Geschichte um Mariaspring und die Burg Plesse, ihrem sagenhaften Brunnen und dessen unterirdischen Gang zu der Domäne, die einst zu der Burganlage gehörte."

Georg merkte, dass ihn erneut ungläubige Blicke trafen. Wüsste er nicht, dass das zumindest im Ansatz stimmte, so würde er sich selbst auch für seltsam und unglaubwürdig halten.

„Mit genau diesen Geschichten hatte sich nämlich auch Kowalke beschäftigt, so hieß es zumindest, bevor er spurlos verschwunden ist", fuhr Georg fort. „Ich war bei seiner Frau, um sie zu fragen, ob sie vielleicht irgendwas Genaueres darüber weiß."

„Und, wusste sie etwas Genaueres?", fragte Renard, mit in Falten gelegter Stirn.

„Nein", antwortete Georg, viel zu schnell, wie ihm sofort selbst auffiel, und lief rot an.

„Also, Herr Hoffmann", übernahm nun Moulin, „ich würde sagen, Sie bleiben noch weiter bei uns, bis Ihnen etwas Besseres einfällt. Vor allem, was uns ‚dieser Typ' erzählt haben soll. Das haben Sie bis jetzt nämlich völlig vergessen, uns zu erläutern."

Georg bekam wieder Panik. Der Schweiß lief in Strömen über seine Stirn und ihm wurde übel. Berufsethos gut und schön, aber noch eine Nacht in der Zelle, darauf hatte er keinen Bock, die tausend Euro hin oder her. Sollte doch Dieter erklären, wie er dazu kam, Erkenntnisse geheimer Arbeiten zu verkaufen. Heute Nachmittag musste er unbedingt zur Arbeit, er konnte nicht riskieren, seinen neuen Job während der Probezeit zu verlieren. Dann wären seine Probleme noch größer als die offene Rechnung über die kaputte Verlagstür und die tausend Euro Schulden bei seinem Vater.

„Also gut", sagte Georg blinzelnd. Einer der Schweißtropfen war zwischen den Augenbrauen ins Auge gelaufen und hatte dazu geführt, dass dieses tränte. „Ich kenne da jemanden vom Technischen Hilfswerk. Der war da drinnen, in diesem Gang, den der tote Mann entdeckt hatte, und der hat mir diese Information verkauft. Die haben da ein Foto gemacht mit so einem Kanalroboter. Auf dem Foto sieht man eine merkwürdige technische Einrichtung und ein paar Glasscherben, sonst nichts. Ich habe ihm die Scheiße abgekauft, zusammen mit der Information, wo sich dieser Gang befindet. Darüber könnte ich mich mittlerweile maßlos ärgern."

„Dieses Foto", fragte Simond interessiert, „haben Sie das noch?"

„Ja, natürlich", Georg kramte in seiner Tasche und zog es heraus. „Das können Sie gerne haben. Das wollte ich eigentlich Frau Kowalke in den Briefkasten stecken, deshalb steht da meine Telefonnummer drauf."

„Und wie kommen Sie darauf, dass dieser verschwundene Mann vom Denkmalamt sich auch damit beschäftigt hat?"

„Keine Ahnung", antwortete Georg verhalten, „das war nur so ein Gefühl."

„Geben Sie für all ihre Gefühle gleich so viel Geld aus?", hakte Simond erneut nach.

Georg merkte, wie ihm erneut das Blut in den Kopf stieg. „Nein, natürlich nicht", sagte er kleinlaut, „ich hatte nur das Gefühl, einer großen Story auf der Spur zu sein. Vielleicht endgültig aufzuklären, welche Rolle der Kowalke bei der Flucht aus Böseckendorf gespielt hatte, vor allem, was Mariaspring damit zu tun hat."

Simond tauschte Blicke mit Moulin und Renard, die ihm durch ein Nicken signalisierten, dass sie ebenfalls der Meinung waren, dass Hoffmann nun gehen könne. Renard hatte den richtigen Riecher gehabt, Simond war zufrieden, ihn überzeugt zu haben, wieder ins Team zurückzukommen.

„Kennen Sie dieses Mariaspring?", fragte Moulin Stürmer, als Hoffmann gegangen war. Stürmer überlegte kurz und begann mit einem Lächeln im Gesicht zu erzählen.

„Hüpp hat davon seinen Namen,
weil hier Herren wie auch Damen
nur die edle Tanzkunst üben,
um sich gründlich zu verlieben.
Mancher hüpft dann, wie bekannt,
später in den Ehestand."

„Ein Gedicht, welches mein Großvater oft bei Familienfeiern vorgetragen hat", erklärte er den drei verdutzt dreinschauenden Franzosen. „Er, also mein Großvater, hatte dort seine Frau beim Tanzen kennengelernt, meine Großmutter, wie er immer stolz erzählte. Aber wenn ich mich recht erinnere, gibt es auch noch eine recht wertvolle Ermittlungsakte in den Archiven. Die habe ich während meiner Ausbildung mal zu Gesicht bekommen und mir gemerkt, gerade aus dem Grund, dass mein Großvater immer von diesem Ort erzählt hatte. Warten Sie kurz." Stürmer kratzte sich hinterm Ohr. „Genau", fuhr er dann fort, „das war der zwölfte August 1801. Da war Johann Wolfgang von Goethe mit Uniprofessoren in Mariaspring. Er bekam dort Ärger mit einem Burschenschaftsmitglied, welches ihm in äußerst betrunkenem Zustand unterstellte, mit seiner Verlobten zu flirten. Es kam zu einer Schlägerei zwischen zwei Burschenschaften, die letztendlich von der Polizei geschlichtet werden musste. Aber der, um den es ging, Goethe, war bereits spurlos verschwunden."

„Interessant", sagte Simond, „der Goethe?"

„Genau der", antwortete Stürmer stolz.

Plötzlich klingelte Moulins Handy. Dieser hörte dem Anrufer gespannt zu und beendete dann ohne Kommentar das Telefonat. „Volltreffer", sagte er danach mit einem kleinen Lächeln im Gesicht, „gut, dass wir die Observation von der Niedermeyer noch nicht eingestellt haben. Sie hat sich gerade mit Erich Lehmann getroffen. Bei dem Zugriff war dieser dann plötzlich verschwunden. Aber Frau Niedermeyer konnte verhaftet werden. Sie ist mit den Beamten auf dem Weg hierher."

„Und wo wurde Sie verhaftet?"

„Der Kollege meinte, am Mariaspring, in Eddigehausen."

„Okay, lasst uns dort mal vorbeifahren, in diesem Eddigehausen", sagte Simond zu seinen Kollegen.

„Bevor oder nachdem wir die Niedermeyer befragt haben?", gab Renard zu bedenken.

„Eigentlich würde ich die Dame gerne noch etwas schmoren lassen", erwiderte Moulin spontan, „die hat uns so verladen mit ihrer arroganten Art."

„Sie hat es zumindest versucht", sagte Simond schmunzelnd, der mit seinem Smartphone beschäftigt war. „Hier, schaut mal", er hielt sein Smartphone Renard und Moulin unter die Nase, auch Stürmer trat näher und betrachtete neugierig das Display. „War nur so eine Idee", sagte Simond und vergrößerte den Text, der unter dem Bild von Goethe stand, mit Daumen und Zeigefinger. „Dieser Goethe war Freimaurer!"

„Beeindruckend", Renard nickte anerkennend. Er schätzte Simonds intuitive Art, an Fälle heranzugehen, sehr. Er selbst hätte jetzt keinen Anlass gesehen, dort nach Zusammenhängen zu suchen. Er blickte zu Moulin, der, nach der Art zu urteilen, wie er seinen Kopf abwägend hin und her bewegte, anscheinend ähnliche Gedanken hatte.

„Du meinst ‚Das Blaue Band'?", sagte Moulin daraufhin.

„Genau", antwortete Simond und wischte die letzte Seite, die er gegoogelt hatte, auf dem Telefon zurück, „dieses Mariaspring ist ganz in der Nähe der Burg Plesse, und noch näher an dem Ort gelegen, wo dieser Hobbyarchäologe den Gang erforscht hat."

„Es ist also davon auszugehen, dass Erich Lehmann auch nicht zufällig dort war, in der Nähe der Burg, die ebenfalls mit ‚Augustus' gekennzeichnet war. Noch dazu als ehemaliger Leiter des Kommandoeinsatzes ‚Blaues Band'", führte Renard den Gedanken weiter.

„Und denkt daran, dieser Goethe, ein Freimaurer, ist dort bei einer Schlägerei spurlos verschwunden, genau wie jetzt Lehmann bei der versuchten Verhaftung", ergänzte Simond.

„So schnell sieht man sich wieder", begann Simond die Befragung, mit einem ausgeprägten Schmunzeln im Gesicht.

„Was fällt Ihnen eigentlich ein!", erwiderte Frau Niedermeyer ausgesprochen arrogant, als wolle sie nahtlos an die letzte Unterhaltung anknüpfen, „können Sie mir mal erklären, was ich hier soll?"

„Ach, Frau Niedermeyer", fuhr Simond fort, „ich glaube, das wissen Sie genau. Bitte beleidigen Sie nicht unsere Intelligenz. Warum haben Sie sich mit Erich Lehmann getroffen?"

„Erich, wer?"

„Nun ist aber mal gut!", Moulin platzte der Kragen, „Sie sind nicht in der Position, um hier Spiele zu spielen! Das letzte Mal konnten Sie sich herausreden, dass Sie Erich Lehmann angeblich nicht kennen und ihm nur ein Rezept ausgestellt haben. Aber diesmal haben Sie sich mit ihm getroffen und wurden beobachtet, wie Sie ihm etwas übergeben haben. Wird Ihnen das nicht selber langsam zu blöd? Dieser Lehmann wird wegen Mordes gesucht, und wenn Ihnen nicht schlagartig was Vernünftiges einfällt, kriegen wir Sie wegen Beihilfe dran, mindestens."

Frau Niedermeyer schaute ihre vier Gegenüber prüfend an. Der eine, der Deutsche, machte einen harmlosen Eindruck, von ihm erwartete sie die geringste Gefahr. Diese beiden Franzosen, Simond und Moulin, schienen da schon ein anderes Kaliber zu sein, wobei sie Simond eher als den Wortführer einschätzte. Unklar war ihr der Vierte der Gruppe, dieser Renard. Der hörte eigentlich fast nur zu und machte sich Notizen, die er mit Akten abglich.

Sie entschied sich, den Deutschen, Stürmer, als ihren Ansprechpartner auszuwählen.

„Sie kennen doch bestimmt dieses Mariaspring", begann sie ihre Offensive und sah ihm direkt in die Augen. „Herr Stürmer, das ist doch Ihr Name, wenn ich mich recht erinnere, Sie sehen aus wie jemand, der sich für Geschichte interessiert."

Stürmer erschrak, das war das erste Mal, dass er persönlich, während eines Verhörs mit den Kollegen von Europol, angesprochen wurde. „Klar kenne ich das", sagte er etwas vorschnell und ärgerte sich sofort darüber.

„Dann wissen Sie doch sicherlich, was sich dort befunden hat und aktuell befindet", fuhr Frau Niedermeyer fort. „Ich war dort an der Volkshochschule und danach im benachbarten Atelier, um ein bestelltes Bild abzuholen, als mich plötzlich mehrere Polizisten festgenommen haben."

„Okay", antwortete Stürmer, nachdem er diesmal etwas länger abgewartet hatte, ob noch irgendetwas von Frau Niedermeyer kam, „ob ich diesen Ort kenne, tut hier nichts zur Sache. Es geht heute darum, in welcher Beziehung Sie zu diesem Lehmann stehen."

„Ach, das wird ja immer schöner", entgegnete sie schnippisch, „jetzt habe ich noch eine Beziehung mit jemandem, den in nicht mal kenne."

„Nun gut", brachte sich Simond wieder in die Vernehmung ein, nachdem er mit einem Lächeln im Gesicht beobachtet hatte, wie diese Frau versuchte, sich seinen und Moulins Fragen zu entziehen, „wir können hier noch eine ganze Weile so weiter machen, aber neben Beihilfe zum Mord geht es außerdem um Erpressung und Mitgliedschaft in einer terroristischen Vereinigung." Simond wusste, er hatte mit seinen Vorwürfen hoch gepokert, doch er sah in dem leichten Zucken des Augenlids der Befragten, dass sie zumindest eine Ahnung hatte, wovon er sprach.

Frau Niedermeyer ärgerte sich in diesem Moment am meisten über sich selbst. Ihr war durch das Schmunzeln ihres direkten Gegenübers wieder schlagartig klar, dass ihr schon wiederholt ein Fehler unterlaufen war. Sie war in der Lage, die Körpersprache anderer Menschen perfekt zu lesen und zu analysieren, doch die Kontrolle ihrer eigenen war ihr, zumindest für einige kleine Momente, entglitten. Die letzten Tage waren ganz einfach zu anstrengend gewesen. Sie hatte geglaubt, ihre Vergangenheit hinter sich gelassen zu haben, obwohl sie wusste, dass das nicht ging.

Denn spätestens wenn sie ihre Tochter sah, war alles wieder präsent, und in den letzten Tagen mehr als je zuvor. Sie brauchte etwas Zeit, um nachzudenken. Wie viel konnten die von Europol über sie wissen? Sie musste sich eingestehen, dass sie die drei von Anfang an nicht für voll genommen hatte. Dieser Akzent, die lockere Art... Sie selbst war ganz anders ausgebildet worden. Das Wort „locker" hatte in dem Ausbildungscamp, in dem sie Erich damals kennenlernte, nicht existiert. Dieser Mann, der ihr Leben nachhaltig verändert hatte, und der nach Jahren, ja Jahrzehnten, plötzlich wieder vor ihrer Tür stand. Niemals hätte sie es für möglich gehalten, dass so lange Zeit nach dem Ende der DDR jemand sie an ihren Schwur erinnern würde: Loyalität bis zum Tod. Das hatte sie, wie alle anderen, in ihrem jugendlichen Leichtsinn damals geschworen. Und dass das nach wie vor keine leeren Worte waren, musste sie leider gerade feststellen. Nach dem Unfall von Johnny hatte sie es geahnt, aber als sie von dem Tod der alten Frau Kowalke erfuhr, hatte sie das völlig blockiert. Früher hätte sie gesagt: Richtig so, Verräter haben es nicht anders verdient! Doch heute beschlich sie ein diffuses Gefühl der Angst. Sie wusste selbst am besten, wozu ihre ehemaligen Kameraden imstande waren.

„Frau Niedermeyer, sind Sie noch bei uns?" Simond stellte die Frage mit Nachdruck, nachdem er einige Zeit geduldig gewartet hatte, welche Reaktionen nach seinen Vorhaltungen seitens der Verdächtigen kamen. Aber da war nichts! Frau Niedermeyer hatte ihre Mimik eingefroren.

„Sie erzählen Unsinn, Herr Kommissar, mehr habe ich nicht zu sagen."

„Also gut", Simond versuchte, den Blick der Frau einzufangen, bevor er fortfuhr, „dann bleiben Sie vorerst unser Gast."

Frau Niedermeyer schaute wieder zu Kommissar Stürmer und sagte, mit einem leichten Lächeln auf den Lippen: „Ich möchte telefonieren."

„Was meint ihr denn?" Moulin sah seine Kollegen fragend an, nachdem Stürmer die uniformierten Kollegen gerufen hatte, die Frau Niedermeyer in ihre Zelle brachten.

„Ich glaube", begann Simond, „es wird sehr schwierig, aus der was herauszubekommen. Wenn ich das richtig verstanden habe, war das kein Anwalt, sondern ihre Tochter, die sie angerufen hat."

„Vielleicht ist das ja ein neuer Ansatzpunkt, die Tochter. Darüber hatten wir ja schon früher mal nachgedacht", sagte Renard.

Simond holte nochmals sein Smartphone aus der Jackentasche. „Ich habe doch dieses Mariaspring gegoogelt, wegen der Geschichte mit Goethe und so, ich glaube, mir ist da noch etwas aufgefallen."

„Okay", erwiderte Moulin, „dann schieß mal los."

„Diese Geschichte von Hoffmann, über den verschwundenen Kowalke und Mariaspring, da könnte vielleicht was dran sein. Das Haus der Kowalkes war ja ziemlich verwahrlost und verrümpelt. Ich habe dem erst keine Bedeutung beigemessen, aber jetzt, wo ich die Bilder von Mariaspring im Netz gesehen habe, fiel es mir wieder ein. Da hing doch ein Ölbild im Flur der Kowalkes. Auf einer Ecke war so eine schwarze Armbinde aufgezogen, wie man sie bei einem Trauerfall trägt. Ich bin mir jetzt ziemlich sicher, auf dem Bild war die alte Papiermühle und der Quelltopf von Mariaspring dargestellt. Irgendwie passte das nicht zu dem Rest der Einrichtung. Ich glaube sogar, es war das einzige Bild dort. Bis auf ein paar alte Fotos und Postkarten hing da sonst nichts an den Wänden."

„Nun gut, ich denke mal, wir können uns auf deine Beobachtungsgabe verlassen, Simond", Renard nickte ihm zu, „an dieses Bild kann ich mich auch erinnern."

„Doch wenn das stimmt, was uns dieser Hoffmann über den Kowalke gesagt hat, müssen wir uns doch fragen, was die Staatssicherheit dort an der Burg Plesse gesucht hat. Und vor allem, was so einen Aufwand gerechtfertigt hätte, ein ganzes Dorf fliehen zu lassen, nur um einen Einsatz zu decken? Wegen so ein paar Pestgranaten bestimmt nicht", Simond schüttelte den Kopf. „Hat man erst einmal so einen perfiden Erreger gezüchtet, lässt er sich problemlos vervielfältigen."

„Das mag ja sein", meldete sich Moulin zu Wort, „aber diese Pestbomben müssen ja auch irgendwie dorthin gelangt sein, und um so eine Waffe zu platzieren, die im Falle einer kriegerischen Auseinandersetzung entscheidend sein könnte, ist es schon plausibel, dass man ein ganzes Dorf ziehen ließ."

„Aber wenn Kowalke beim Denkmalschutz gearbeitet hat, wäre es doch zu auffällig gewesen, nahezu fahrlässig, sich unter dem Deckmantel seiner Arbeit mit biologischen Waffensystemen zu beschäftigen, die mit Sicherheit sofort aufgefallen wären bei den typischen Arbeiten, mit denen Archäologen so beschäftigt sind", wandte Simond ein. „Meines Wissens arbeiten diese auch meistens in Teams."

„Nicht, wenn dieser Kowalke mit der Inspektion von alten Wehranlagen beschäftigt war", gab Renard zu bedenken. „Mann müsste vielleicht mal seinen alten Arbeitgeber kontaktieren. Vielleicht gibt es noch Personalakten, oder Kollegen, die uns da weiterhelfen können."

„Sehr gute Idee", Simond nickte anerkennend, „ich rufe dort an und machen einen Termin aus, damit wir dort hinfahren können."

„Könnt ihr das ohne mich erledigen?", Renard holte tief Luft, „ich muss noch mal alles durchgehen, was wir über das Blaue Band haben, und mich noch mehr mit den Freimaurern beschäftigen und etwaigen Verknüpfungen mit unserem Fall, sofern es sie gibt. Vielleicht sind das ja alles auch nur zufällige Überschneidungen."

Georg konnte sich einfach nicht konzentrieren, er blickte zum wiederholten Mal in eine ganze Reihe fragender Augen. Er war, nachdem er völlig überraschend nach der heutigen Vernehmung gehen durfte, mit seiner Führung im alten Gefängnis unter dem Rathaus angekommen, und obwohl sich dieses eingeritzte Zeichen an einer Stelle befand, die nicht unbedingt auffiel, war es ihm sofort ins Blickfeld gesprungen. Anscheinend hatte sich durch die Nacht im Gefängnis und die Verhöre seine Wahrnehmung verschoben. Plötzlich hatte er den Eindruck, dass dieses Zeichen eigentlich jedem auffallen müsste, und dieser seltsame Typ in seiner heutigen Gruppe, der sich überhaupt nicht für die Geschichten, die Georg erzählte, zu interessieren schien, aber umso mehr für ihn selbst, sah ihn wiederholt so intensiv an, dass ihm schon wieder die Worte fehlten.

„Sind wir denn jetzt fertig?" Eine ältere Frau mit quietschiger Stimme riss Georg aus seinen Gedanken. „Nein, natürlich nicht", antwortete er unbeholfen. „Ich mache diese Führung noch nicht so lange. Mir hat nur kurz der Faden gefehlt."

„Dann ist ja gut", sagte die Frau, noch eine Note quietschiger, so dass der Rest der Gruppe lachen musste und Georg einen roten Kopf bekam. Einzig der merkwürdige Typ verzog keine Miene, so dass bei Georg sofort wieder die Gedanken kreisten. Er kam einfach nicht los von diesem Stein, der an der Burg Plesse den Eingang verschloss und exakt die gleiche Signatur aufwies. All diese mysteriösen Fragen, die diese seltsamen Kommissare gestellt hatten. Erpressung, Pest, wo war er da nur hineingeraten! Früher hatte er solche Dinge spannend gefunden, hatte daraus sein Lebenselixier gewonnen, das Geschichtenschreiben. Doch jetzt machte es ihm einfach nur Angst. Er war in einem Alter, wo er krampfhaft versuchte, so etwas Ähnliches wie „seriös" zu werden, diese Szene hinter sich zu lassen, welcher er aus Protest gegen seine Eltern damals unbedingt zugehörig sein wollte. Und ausgerechnet jetzt, wo er es geschafft hatte, einen zukunftsfähigen Job auszuüben, vermischte sich alles. Klein Böseckendorf, die Geschichten seines Vaters, der schwermütige Dieter, Johnnys Tod, den er, wenn auch nur flüchtig, gekannt hatte. Vor langer Zeit hätte er gesagt, leider nur flüchtig gekannt, denn so wie Johnny und die Leute von der Antifa und der autonomen Szene wäre Georg, zumindest früher, selbst gern gewesen. Und wie durch ein unsichtbares Band hatte ihn das Schicksal nun mit diesen Menschen zusammengeführt. Einerseits war er vielleicht der Story seines Lebens auf der Spur, solch einer Geschichte, von der jeder Journalist träumt. Andererseits hatte er richtig Respekt davor, nein, wenn er ehrlich zu sich selbst war, dann war das kein Respekt mehr, sondern pure Angst.

„Wie immer, der Tisch in der Ecke."
Gefühlt waren sie schon Stammgäste in der kleinen Trattoria nahe des Theaters in der Göttinger Innenstadt, wo sie sich schon einige Male getroffen hatten, um die neuesten Erkenntnisse auszutauschen und exzellent zu essen. Heute war wieder einmal Stürmer dabei, der für Simond, Moulin und Renard mittlerweile ein unentbehrlicher Berater betreffs der Göttinger Ereignisse in den späten achtziger Jahren geworden war, und der, nach anfänglichen Schwierigkeiten, dann doch noch ohne großen Aufwand die vollständige Akte des Falls Kowalke hatte besorgen können. Natürlich hätten sie das auch offiziell durch eine Anfrage über Europol erledigen können, doch alle drei hatten das Gefühl, so wenig wie möglich Staub aufwirbeln zu wollen. Und wie zum Beweis war jene Akte zum Teil mit einem Sperrvermerk durch das BKA versehen, was Stürmer allerdings nicht daran gehindert hatte, sie trotzdem auf irgendeine Weise komplett lesbar zu erhalten. Beziehungen halt, der unschlagbare Vorteil einer langen Betriebszugehörigkeit bei einer Dienststelle. Viel war zwar nicht vorhanden, was neue Erkenntnisse brachte, außer einem Verweis zur Via

Scandinavica, dem Jakobsweg, der aus dem Norden, genauer von Fehmarn, über Lübeck, Hannover, Göttingen und Eisenach führte, wo er sich dann aufteilte. Warum war gerade diese Notiz mit einem Sperrvermerk versehen?

Heute trafen sie sich, um neue Erkenntnisse durchzugehen, die Renard auf Verbindungen zum Kommandoeinsatz „Blaues Band" durchleuchtet hatte, nachdem Stürmer ihn über seine neuen Informationen unterrichtet hatte.

Stürmer hatte sich vorgenommen, die drei zu fragen, worum es eigentlich genau ging. Nachdem alle ihre Bestellung aufgegeben hatten, platzte er damit auch sofort heraus. Moulin schaute daraufhin zu Simond, der wiederum zu Renard, der schlussendlich Bestätigung im Blick von Moulin suchte.

Giovanni brachte die bestellte Flasche Rotwein, öffnete sie gekonnt, um, wie schon gewohnt, Simond vorkosten zu lassen. „Perfekt", ließ dieser gedankenverloren verlauten, „danke, wir schenken uns selbst ein." Giovanni verstand und verließ diskret ihren Tisch. Moulin nickte Renard zu, Simond tat es ihm einen Augenblick später gleich.

„Also", begann Renard und holte erst einmal tief Luft, „wir beschäftigen uns schon ein paar Jahre mit einer Organisation, ich glaube, so kann man das nennen, die sich aus den Überbleibseln der Staatssicherheit der DDR gebildet hat." Renard überlegte kurz und fuhr dann fort. „Überbleibsel ist vielleicht der falsche Ausdruck. Sagen wir besser, aus einer Eliteeinheit dieses Geheimdienstes, dem Wachregiment Dzierzynski. Diese Einheit war nur dem Chef der Stasi, Mielke, unterstellt und ein Sammelsurium aus Spezialisten, Killern, Cleanern, Computerspezialisten mit exzellenter Ausbildung und ebenso exzellenter Gehirnwäsche. Diese Leute waren tausendprozentig linientreu und fühlten sich ihrem Eid verpflichtet. Einen der ehemaligen Führungsoffiziere, ein gewisser Klappblau, haben wir als derzeitigen Chef der Organisation ermittelt. Sein letzter bekannter Aufenthaltsort war Ibiza. Dieser Erich Lehmann, nach dem wir fahnden, war auch ein ehemaliges Mitglied dieser Einheit. Er war zwischenzeitlich bei der Organisation in Ungnade gefallen, hatte sich der Polizei gestellt, wurde inhaftiert und ist bei einer Ortsbesichtigung bei unserem letzten Fall ‚Aranea' geflüchtet. Aber das führt wohl etwas zu weit. Jedenfalls haben wir ein Psychogramm über ihn durch unsere Spezialisten erstellen lassen, weil wir vermuten, dass dieser Erich Lehmann nicht nur diesen Johnny kaltblütig ermordet hat, sondern auch einen Kronzeugen in Hamburg, der dort im Zeugenschutzprogramm untergebracht war.

Dieser Lehmann ist brandgefährlich und wahrscheinlich im Besitz von Pestgranaten aus einem geheimen biologischen Waffenprogramm der Russen aus der Zeit des Kalten Krieges. Man hatte ihn immer in alten deutschen Kombis oder Wagen russischen Fabrikats gesichtet, die er meist vorher gestohlen hatte. Unsere Experten sind sich sicher, dass er solche alten Autos nur benutzt, weil er diese Modelle kennt und sie problemlos knacken kann. Lehmann wird als eher durchschnittlich intelligent, oder auch leicht darunter, eingestuft, was seine Gefährlichkeit nach Einschätzung unserer Spezialisten noch erhöht. Soweit wir zu wissen glauben, hat er ein akutes Drogenproblem, welches ihn mit dieser Psychiaterin in Verbindung bringt, die ihn mutmaßlich damit versorgt hat. Das hat eine

Kontrolle der Betäubungsmittelbestände der Praxis, im Zusammenhang mit der fehlenden Patientenakte von Lehmann, ergeben. Wieso er Kontakt ausgerechnet zu ihr aufgenommen hat, da haben wir schon einige Ideen. Aber warum sie sich darauf eingelassen hat und ihre Zulassung als Ärztin aufs Spiel setzt? Da können wir ebenfalls nur spekulieren."

Renard machte eine kurze Pause, um Stürmer Gelegenheit zu geben, seinen Mund zu schließen und das Weinglas abzustellen, welches er schon geraume Zeit in der Hand hielt, ohne daraus getrunken zu haben.

„Meine Kollegen und ich, wir haben uns zur Nachbereitung unseres letzten Falles mit allen bereits digitalisierten, aber auch wiederhergestellten kreuzgeschredderten Stasi Akten, beschäftigt, die wir sichergestellt hatten. Der Umfang des sichergestellten Archivs war gewaltig, und es wird noch einige Zeit in Anspruch nehmen, um alles zu sichten. Was wir bisher, auch im Zusammenhang mit Göttingen, herausgefunden haben, klingt wie ein Treppenwitz der Geschichte. Dieser Schabowski, der im Fernsehen die sofortige Reisefreiheit aller DDR Bürger verkündet hatte, war dement. Er hatte etwas verwechselt, er hatte ein Protokoll einer geheimen Tagung des MfS verlesen. Dabei hatte man Möglichkeiten diskutiert, einen Volksaufstand zu verhindern, was nach den zunehmenden Montagsdemos nicht mehr auszuschließen war, man wollte sich daher mit der Ankündigung von Reiseerleichterungen in naher Zukunft etwas Zeit verschaffen. Dieses Papier hatte Schabowski fälschlicherweise vorgelesen. Da durch diese Pressekonferenz der Ansturm auf die Grenzen nicht mehr aufzuhalten und dies, wie wir alle wissen, der Anfang vom endgültigen Ende der DDR war, kamen einigen Eliten die Unruhen zum Tod dieser Conny nach der Wende hier in Göttingen und anderen Städten wie gerufen, um einen perfiden Plan umzusetzen. Man wollte die Unruhen gezielt eskalieren, um sämtliche Polizeikräfte der BRD zu binden, um in aller Ruhe die Berliner Mauer und die Zonengrenze wieder zu sichern. Warum genau dieser Plan gescheitert ist? Keine Ahnung. Es besteht die Möglichkeit, dass durch das Auftauchen der Klarnamen einiger RAF Terroristen, die dem BND in die Hände gespielt wurden, diese große letzte Aktion der Stasi verhindert wurde. Wie Ihnen durch das Verhör von Frau Niedermeyer schon bekannt ist, wurden die Terroristen von der Eliteeinheit an der Waffe ausgebildet. Auch Bau und Handhabung von Sprengfallen gehörten dazu. Wahrscheinlich waren die ehemaligen Terroristen ein fest geplanter Bestandteil dieser letzten Kommandoaktion."

Stürmer war irgendwie erleichtert, als Giovanni mit dem Essen auftauchte, er hatte den Eindruck, sein Kopf würde gleich platzen. Die schiere Menge an unglaublichen Neuigkeiten überforderte ihn sichtlich. Auch als alle mit ihrem Essen beschäftigt waren und die drei Franzosen wieder Smalltalk über die italienischen Rezepte austauschten, kreisten seine Gedanken um jene brisante Zeit Ende der achtziger Jahre. Alles musste nochmal neu bewertet werden und einiges erschien nun in einem völlig neuen Licht. Doch wen interessierte diese Zeit eigentlich heute noch?

Stürmer konnte es auf einmal kaum erwarten, bis alle ihren Nachtisch beendet hatten und Renard mit seinem Bericht fortfuhr. Doch bevor er beginnen konnte, klingelte

Simonds Handy. Dieser hörte dem Anrufer gespannt zu und beendete das Gespräch mit einem „Merci", bevor er sich mit der Neuigkeit an Stürmer und seine Kollegen wandte.

„Bei einer erneuten Kontaktaufnahme des Erpressers konnte das WLAN lokalisiert werden, über das er sich eingeloggt hat. Es war wieder der Uni Server, genauer gesagt, ein Hotspot im Institut für Pflanzenwissenschaften am Alten Botanischen Garten. Einige Kollegen sind schon unterwegs, das Gebäude und die Umgebung zu untersuchen. Wir werden informiert, sobald neue Erkenntnisse vorliegen."

„Er macht Fehler", entgegnete Renard, „er ist mit neuer Technik überfordert. Das Täterprofil stimmt bis jetzt zu einhundert Prozent."

„Nun gut", Simond winkte Giovanni, „die Rechnung bitte, wir müssen los."

Als die drei von Europol gegangen waren, saß Stürmer noch eine Weile da und dachte nach.

Der alte Mann saß auf seiner Lieblingsbank im Botanischen Garten und hatte sich ein Bier aufgemacht. Seitdem er in Rente war, saß er fast täglich dort. Aber regelmäßig war er schon seit seinem sechzehnten Lebensjahr hier. Wie hier in den letzten fünfzig Jahren alles gewachsen war, das konnte er so richtig begreifen, wenn er sich alte Fotos ansah. Eigentlich hätte er ja gerne was in Richtung Gartenbau gemacht, als er jung war, aber die Stelle beim Denkmalschutz, dieser neuen Behörde, die nach dem Krieg ins Leben gerufen wurde, um die historischen Bauten zu schützen, die nicht während des Krieges zerstört worden waren, hatte ihn nach seiner Maurerlehre dann doch mehr gereizt. Wie wichtig der Schutz alter Bausubstanz war, das konnte man ja an solchen Städten wie Kassel sehen, eines der abschreckendsten Beispiele, die er kannte.

Der alte Mann prostete seinem Lieblingsbaum zu, nahm einen Schluck und schaute auf die Uhr. Mal gucken, ob die pünktlich sind. Kowalke, dieser komische Typ, für den interessiert sich jetzt also Europol, so lange Zeit, nachdem der verschwunden ist, dachte er und gönnte sich einen zweiten Schluck. Um den hätte sich schon früher mal jemand kümmern sollen. Ahnung hatte der nicht wirklich von Archäologie, aber einen Einser Abschluss von der Uni in Ostberlin. Keiner wusste, wie das zusammenpasste. Beliebt war er auch nicht, dieser Zoni, der immer auf arroganten Chef machte. Er trank noch einen großen Schluck und beobachtete, wie sich der Garten füllte.

Viele Göttinger liebten den Garten, diese grüne Oase mitten in der Stadt, der sich entlang der Straßenseite durch eine Mauer die angenehme Ruhe verschaffte, die es brauchte, um sich zu erholen, und der in seiner Mitte durch den Wall zerschnitten war. In einem Teil waren Steingärten, Beete und kleine Teiche, in einem anderen, den er nur selten besuchte, Gewächshäuser und diverse Gebäude.

Der alte Mann blickte auf seine Taschenuhr, die ihm schon seit seiner Konfirmation, als er sie geschenkt bekam, treue Dienste leistete. Als er kurz überlegte, ob er sich in der Zeit geirrt hatte, fielen ihm drei Männer auf, die aus Richtung des Auditoriums kamen und sich umschauten, als ob sie auf der Suche waren. Ihm vielen solche Leute auf, wie auch letztens dieser seltsame Typ. Der alte Mann musste schmunzeln, kurz war er versucht, die drei noch etwas suchen zu lassen, beschloss dann aber doch, sich zu erkennen zu geben. Sein Stammplatz, den er sich im Lauf der Jahre gesichert hatte, war einfach perfekt, um fast den ganzen Garten zu überblicken.

Aber gestern hatte er kurz aufstehen müssen, als dieser merkwürdige Typ aufgetaucht war, der ihn auf eine gewisse Art an Kowalke erinnert hatte. Den fand er so seltsam, dass er beschlossen hatte, ihm hinterherzulaufen. Danach war natürlich sein Platz besetzt gewesen, mit Studenten, die zu seinem großen Leidwesen immer ihre leeren Bierbüchsen liegenließen. Bier aus Büchsen, dieser neumodische Scheiß. Er hatte es einmal probiert und als ungeeignet für sein Lieblingsgetränk eingestuft. Dieser seltsame Typ jedenfalls, der wie eine Mischung aus Kowalke und einem Obdachlosen aussah, hatte sich zielstrebig durch den Garten bewegt und dabei einen Laptop unter dem Arm getragen. Einmal hatte er angehalten und sich den Schnürsenkel gebunden, der allerdings gar nicht offen war. Er schaute sich dabei genauso um wie Kowalke, wenn er was geheim halten wollte und kurz darauf mit einem Grubenhelm in seinem Rucksack das Büro verließ. Doch dieser merkwürdige Typ ging nach der kurzen Pause unvermittelt auf den alten Eingang zu, der ins Innere des Walls führte. Den alten Mann hatte diese Tür immer gestört, die mit ihrem fehlenden Brett, welches, anstatt seine angestammte Position einzunehmen, schräg darüber genagelt war, den erbarmungswürdigen Eindruck unterstützte, der so gar nicht zu dem ansonsten gepflegten Zustand des Gartens passte. Doch als dieser Typ die verriegelte Tür anscheinend problemlos öffnete, fehlten dem alten Mann die Worte. Lag dahinter doch ein Gewölbe, welches aufgrund der Fledermäuse, die in ihm wohnten, für jeglichen Zugang gesperrt war. In sicherem Abstand hatte er gewartet, ob und wann dieser Typ wieder herauskam, was nach circa fünfzehn Minuten der Fall war, diesmal jedoch ohne Laptop. Dabei sah er sich genau um, ob er nicht bemerkt wurde, und wischte mit dem Fuß über den Boden, um seine Fußabdrücke zu beseitigen.

Der alte Mann nahm erneut einen großen Schluck aus seiner Bierflasche und stellte fest, dass diese leider schon leer war. Er packte sie zurück in seinen Jutebeutel und winkte den drei Kommissaren, die ihrerseits mit einem freundlichen Lächeln und einer Handbewegung signalisierten, ihn als ihren Termin ausgemacht zu haben.

„Sie sind Herr Dietrich?"

Der alte Mann stutzte einen Moment. Lange hatte ihn niemand mehr so genannt. Seine wenigen Bekannten, die er hatte, nannten ihn Norbert. Aber so eine förmliche Anrede? Nun, es unterstrich ganz einfach, dass dies heute ein Termin war. So einen Termin hatte er auch schon lange nicht mehr gehabt. Damals, als er noch regelmäßig Termine hatte, wäre es ihm nicht in den Sinn gekommen, schon früh am Morgen Bier zu trinken.

„Ja, ich bin Herr Dietrich." Der alte Mann stand auf, schob mit den Händen seine Hosenbeine etwas nach unten, die über den Knien schon enorm verbeult waren aufgrund der Tatsache, dass er fast den ganzen Tag lang saß, und streckte den drei Kommissaren seine Hand entgegen.

„Wollen wir uns vielleicht da drüben hinsetzen?" Er zeigte auf einen steinernen Tisch gegenüber seines Stammplatzes an dem größten der Teiche, dessen zwei Bänke, die diesen säumten, gerade freigeworden waren.

„Wir haben ein paar Fragen wegen Herrn Kowalke, ihrem früheren Arbeitskollegen."

„Was heißt da Kollege! Dieses arrogante Arschloch!", platzte es dem alten Mann heraus, was seine Gegenüber kurz irritierte.

„Warum Arschloch?", griff Moulin die Äußerung auf.

„Ja, wie würden Sie denn jemanden bezeichnen, der keine Ahnung hat, aber trotzdem immer den Chef raushängen lässt!"

„Wieso keine Ahnung?", hakte Simond nach.

„Ja, keine Ahnung", sagte der alte Mann, nun etwas zurückhaltender, „das, wofür wir zuständig waren, den Wall und die Burg Plesse, das hat er ganz einfach anderen überlassen, delegiert halt. Obwohl, hier am Wall hab ich ihn auch mal gesehen", unterbrach er seine Ausführungen und stutzte kurz. „Offiziell ist er nie mitgekommen, bei Vermessungen und Instandhaltungsarbeiten. Aber abends, nach Dienstschluss! Da muss ich dazu sagen", holte er nochmals etwas begeisterter aus, „ich komme hier schon ewig her. Seit meinem sechzehnten Lebensjahr." In diesem Moment leuchteten seine Augen wieder, als fühlte er sich in jenes Alter zurückversetzt. „Ja, aber nach Dienstschluss", fuhr er fort, nun wiederum zurückhaltender, als hätte er Angst, dass jemand ihn hören könnte, „da habe ich ihn einmal in diesem alten Gang dort hinten gesehen." Er deutete in Richtung der Tür mit dem quer darauf genagelten Brett und stutzte. „Da, wo auch

167

gestern so ein komischer Typ war", vervollständigte er seine Erzählung.

Simond stutzte sofort, zog das Foto von Erich Lehmann aus seiner Jackentasche und hielt es dem alten Mann vors Gesicht.

„Ja, genau!", sagte dieser euphorisch, „kennen Sie den denn?", fragte er, wiederum etwas leiser.

Simond tat so, als hätte er die Frage überhört. „Wissen Sie, was er dort gemacht hat?"

„Na klar, der hat ganz einfach die Tür geöffnet, obwohl das nicht erlaubt ist, wegen der Fledermäuse, dann ist er da reingegangen mit einem Laptop, sagt man doch so, so ein kleiner tragbarer Computer, und dann ist er ohne den wieder rausgekommen."

„Da sind Sie ganz sicher?", fragte Moulin.

„Na klar, ich bin dem ja extra hinterhergelaufen, weil der mich an den Kowalke erinnert hat."

„An ihn erinnert, wie meinen Sie das?", wollte Moulin wissen.

„Na, durch seine eckige Art." Der alte Mann kratzte sich am Kopf, als ihn die drei Franzosen etwas ratlos anschauten.

„Wie, eckig?", fragte Renard und runzelte die Stirn.

„Ach, Entschuldigung", entgegnete der alte Mann verlegen und überlegte kurz, ob er sich noch ein Bier aus seinem Beutel nehmen sollte. Schon lange hatte er nicht mehr so etwas Spannendes erlebt. Er musste sich jetzt konzentrieren. „Na, wie die sich bewegt haben, also wie die sich abgesichert und umgeschaut haben. Das war bei beiden so geheimnisvoll und so ähnlich, wie einstudiert halt."

„Vielen Dank", sagte Moulin und reichte Norbert die Hand, „Sie haben uns sehr geholfen."

Simond zog sein Smartphone aus der Jacke und wählte Stürmers Nummer. Der musste jetzt helfen. Sie brauchten die Spurensicherung hier vor Ort. Sie beschlossen, sich so lange noch etwas umzusehen und die besagte Tür im Auge zu behalten, vielleicht tauchte ja Erich Lehmann nochmal auf, so die intuitive Idee. Auf dem Alpinum fand Simond seinen Platz und setzte sich dort auf einen Stein. Seine Kollegen suchten sich andere Standorte, von wo aus sich die alte Tür beobachten ließ.

Es hatte eine Weile gedauert, bis Stürmer ans Telefon ging. Doch als er ihn dann doch endlich erreichte, musste Simond während des Telefonats einige Male anerkennend nicken. Stürmer hatte sich schon um den Kollegen vom Technischen Hilfswerk gekümmert, der diesem Georg Hoffmann die Infos verkauft hatte. Wie dessen Chef mitteilte, war jener Kollege mal wieder krankgeschrieben und stationär in der Psychiatrie untergebracht. Stürmer berichtete, dass das Unbehagen bei dem Vorgesetzten greifbar war, dass man ihm diesen Typ im Rahmen einer Strafversetzung aufs Auge gedrückt hatte. Und seine Gesichtsfarbe wandelte sich, nach Stürmers Angaben, ins dunkelrote, als er erfuhr, dass dieser Mitarbeiter auch noch ein Foto und die Information aus dem alten Gang verkauft hatte.

„Da müssen wir nun doch dringend hin, wenn wir das mit dem Gang hier im Botanischen Garten ermittelt haben", schloss Simond das Telefonat ab. Er schaute zu seinen Kollegen. Moulin hatte auf einer Bank nahe dem Institut Platz genommen. Renard betrachtete anscheinend intensiv die verschiedenen Pflanzen. Doch als er merkte, dass Simond zu ihm blickte, gestikulierte er verhalten, aber eindeutig mit der Hand in Richtung einer jungen Frau. Simond kniff die Augen zusammen und schaute in die gewiesene Richtung. Jetzt erkannte er sie ebenfalls. Es war die Tochter von Frau Niedermeyer, die sie routinemäßig wegen einer möglichen Vernehmung abgecheckt hatten. Sie trug einen Beutel in der Hand und ging zielstrebig auf die betagte Tür zu, die den alten Gang durch den Wall verschloss.

Simond gab nun Zeichen an Moulin, der aufstand, um von der dritten Seite der jungen Frau den Weg abzuschneiden. Als diese die drei Männer bemerkte, warf sie den Beutel in einen Busch und drehte kurz vor der Tür ab.

Stürmer hatte die Nacht schlecht geschlafen. Erst dieser kurzfristige Einsatz, den er organisieren musste, um mit der Spurensicherung diesen alten Gang im Botanischen Garten zu untersuchen. Einerseits sollten sie gründlich arbeiten, um auch ja nichts zu übersehen, andererseits so wenig wie möglich Aufsehen erregen, da die Franzosen davon ausgingen, dass der gesuchte Lehmann hier wieder aufkreuzte. Spurentechnisch gab es auf die Kürze rein gar nichts festzustellen, außer dass die Fledermäuse sich gestört fühlten. Allerdings machten sie sich nur kurz bemerkbar, als schienen sie daran gewöhnt, dass ab und zu jemand vorbeischaute. Ein Detail fiel ins Auge, nämlich, dass der Boden, der aus loser Erde bestand, wie geharkt aussah. Passend dazu wurde ein Zweig vor dem Eingang gefunden, der anscheinend von einem Baum des Gartens abgerissen worden war, und Erdspuren aus dem Gang aufwies. Das Ende des Ganges war zugemauert, was von außen nicht sichtbar war, da dieser eine Kurve beschrieb. Das war alles, ein Laptop, wie von dem alten Mann behauptet, konnte nicht gefunden werden, auch nachdem sie den ganzen Sperrmüll zur Seite geräumt hatten, der sich links neben dem Eingang befand.

Aber das war es nicht, was Stürmer umtrieb.

Auch der Fund eines Toten in der Nacht war eher Routine, traurige zwar, aber im Laufe der Jahre nichts anderes als Routine.

Dass Renard geprüft hatte, ob das WLAN des benachbarten Institutes bis in den Gang reichte, beschäftigte ihn auch nicht großartig, sicher nur eine Formalität nach der Aussage des Alten. Warum sollte sich ein Erpresser ausgerechnet in einem Loch verkriechen? Denn mehr war dieser Gang nicht. Stürmer konnte sich das nur schwer vorstellen.

Aber warum war dieser Vermerk über den Jakobsweg, die Via Scandinavica, mit einem Sperrvermerk versehen? Er hatte sich nach Feierabend noch an den Computer gesetzt und gegoogelt, um mehr über diesen Weg zu erfahren, der quer durch Göttingen führte. Und zwar nicht irgendwo, sondern genau mitten durch das Stadtzentrum, über den Marktplatz. Die Häuser der Fußgängerzone stammten zum Teil noch aus dieser Zeit, und schon der schiere Abstand zur gegenüberliegenden Seite zeigte, was für eine Bedeutung dieser Weg damals gehabt haben musste. Heute würde man ihn eine Schnellstraße nennen.

Stürmer erinnerte sich an die große Jakobsmuschel, die ins Pflaster vor der Jacobikirche eingelassen war. Dies hatte er zwar mehrfach wahrgenommen, aber die wahre Bedeutung wurde ihm erst jetzt bewusst. Ein Freund hatte ihm zwar auch schon mal etwas über diesen Weg erzählt, den er ehrenamtlich in einem Verein betreute, der Jakobus-Pilgergemeinschaft Göttingen. Aber interessiert hatte es ihn damals nicht wirklich.

Gerade dieser Abschnitt zwischen Göttingen und Creuzburg hatte ja vierzig Jahre in einem Dornröschenschlaf gelegen, da er größtenteils auf dem heutigen Grünen Band verlief, der damaligen innerdeutschen Grenze. Er war über diesen Gedanken eingeschlafen, aber kurz danach wieder aufgeschreckt. Zonengrenze, Wachregiment, Staatssicherheit, das passte schon alles zusammen, war aber auch ziemlich absurd.

Renard fluchte laut und schlug mit der Faust auf den Tisch. Moulin und Simond sahen ihn erschrocken an und mit ihnen die Hälfte der Gäste der Trattoria. Giovanni zog die Augenbrauen hoch und fragte besorgt, ob alles in Ordnung sei.

„Ja, Entschuldigung", entgegnete Renard kleinlaut, „ich habe gerade einen Anruf bekommen. Nochmals, Entschuldigung", sagte er dann, an die Gäste gerichtet. Alle wandten sich wieder ihren Gesprächen zu, und Renard sagte, nun deutlich ruhiger, an Simond und Moulin gerichtet: „Ihr könnt euch nicht vorstellen, was ich gerade erfahren habe. Diese Idioten vom BKA haben ganz einfach den Sperrvermerk in der Akte Kowalke drin gelassen, weil sie der Meinung waren, dass wir von Europol nicht zuständig wären. Laut Satzung müssen organisierte

Verbrechen in mindestens zwei EU Staaten zusammenkommen, damit sie die Zuständigkeit an uns weiterleiten. Die Vorfälle um die Wendezeit hatten sie ganz einfach als deutsches Problem eingestuft und abgeschlossen. Dass dieser Kowalke ein Spitzel der Staatssicherheit war, das war ihnen durchaus bekannt. Es existierten rund zehn Abschussvorrichtungen, die mit Pestgranaten bestückt waren, meist in historischen Gebäuden, wie Burgen und ähnliches. Die waren mehr oder weniger eine Zufallsentdeckung, welche man bei der Überwachung Kowalkes gemacht hatte. Die Gänge wurden damals auf Anordnung des BKA gesprengt, und somit die Abschussanlagen und Pestgranaten unschädlich gemacht. Somit war die Angelegenheit für das BKA erledigt. Auch wonach Kowalke genau gesucht hat in Verbindung mit dem Jakobsweg, mit dem er sich zweifelsfrei beschäftigt hat, ist unklar."

„Na toll", sagte Simond seufzend, „nach zwei beziehungsweise drei Pesttoten sehen die immer noch keinen Grund, uns zu verständigen. Und von unseren Ermittlungen in Frankreich, Österreich und Deutschland gegen die Organisation hat man dort natürlich auch noch nichts gehört, geschweige denn davon, aus wem sich diese Organisation zusammensetzt. Es wird Zeit, dass Nicole aus dem Mutterschutz zurückkommt, dann klappt die Zusammenarbeit mit dem Saftladen vielleicht wieder besser!"

„Guten Morgen", sagte Stürmer, wohl etwas zu laut, wie er an der Reaktion der drei Franzosen bemerkte, als er sein

Büro betrat, wo diese sich schon wie zu Hause fühlten. Alle drei hatten gestern länger in der Trattoria zugebracht, als sie eingeplant hatten. Die Nachricht des BKA hatte sie einfach nur entsetzt, ja, wütend gemacht. So konnte das nicht funktionieren. Giovanni hatte die Stimmung gekonnt genutzt und noch zwei Flaschen seines besten Rotweins verkauft. Vor allem Simond hatte gehörig einen über den Durst getrunken und suchte in seiner Jacke nach einer Kopfschmerztablette.

„Ich habe schlechte Neuigkeiten", sagte Stürmer, nun etwas verhaltener. Als er sich sicher war, die uneingeschränkte Aufmerksamkeit der drei zu haben, fuhr er fort. „Georg Hoffmann ist tot."

„Wie, tot?" platzte Simond heraus.

„Auf dem Weg von der Arbeit zu seinem Wagen wurde er auf der Straße liegend aufgefunden. Die Kollegen vom Kriminaldauerdienst konnten erst nichts Auffälliges feststellen. Doch dann hat die Obduktion ergeben – Genickbruch. Und der wurde nicht durch einen Unfall oder Sturz verursacht, da ist sich Frau Dr. Bremer sicher."

Moulin holte tief Luft, stieß ein lautes „Merde!" aus und schlug mit der Handfläche auf seine Oberschenkel. „Das hatten wir lange nicht mehr. Genickbruch. Das erinnert mich an unseren ersten gemeinsamen Fall in Frankreich. Damals war dieser Lehmann ja noch als Cleaner unterwegs. Aber das muss ja nichts heißen. Lautlos töten können die alle."

„Wir müssen dringend die Tochter von der Niedermeyer vernehmen. Die hat sich bestimmt nach der Nacht in der Zelle beruhigt und ist heute etwas kooperativer", meinte Renard. „Obwohl, ich glaube ihr fast, dass sie nicht gewusst hat, warum sie dieses Ersatzheroin aus dem Giftschrank der Praxis ihrer Mutter in den Botanischen Garten bringen sollte."

„Egal", erwiderte Simond, „wir müssen ihr klarmachen, dass sie nur mit Kooperation eine Anklage wegen Drogenhandels verhindern kann. Dreihundert Milliliter sind ja weiß Gott nicht wenig."

„Lasst uns besser mit der Mutter anfangen. Die weiß hundertprozentig mehr und hat ihre Tochter da vielleicht nur mit reingezogen", schlug Moulin vor.

„Gute Idee", sagte Simond, der endlich seine Kopfschmerztabletten gefunden hatte und aufstand, um sich ein Glas Wasser zu holen.

„Genau, wir schlagen ihr einen Deal vor, Straffreiheit für die Tochter, wenn sie auspackt." Renard nickte unterstützend, um seiner Aussage Gewicht zu verleihen.

„Uschi, mach kein Quatsch!"

Sie konnte diesen Spruch nicht mehr hören, den Erich immer brachte, wenn sie sich nachts heimlich aus seinem Zimmer schleichen wollte. Sie hasste Uschi, die wie ein Heiligtum über Erichs Bett hing und auf sie herabschaute, wenn sie Sex hatten. Es war das einzige westliche Accessoire, welches sich der tausendprozentig linientreue Ausbilder leistete. Irgendwann hatte er auch mal von einer Regina gesprochen, die ihm ein Kumpel ausgespannt hatte, die dieser Uschi zum Verwechseln ähneln sollte.

Abends in der Kantine, wenn Erich sein Alkohollevel erreicht hatte, das gefühlt von Woche zu Woche höher wurde, lallte er dann immer den gleichen Satz: „Ich mach dir heute den ‚Langen Hans'!" Irgendwie traute sie sich nie zu widersprechen, wenn auch dieser Oberst Klappblau ihr dann zuprostete: „Na, dann mal auf, zum Helden zeugen! Erich seine Fähigkeiten und deine Intelligenz, Mädel, ihr erschafft die neue Elite des Sozialismus!"

„Uschi, mach kein Quatsch!" Erich wollte heute nicht lockerlassen und zog sie am Arm. Dieser Griff machte ihr Angst.

„Mach hier nicht die Obermaier, du Niedermeyer! Komm jetzt her, zick nicht rum", Erich lallte noch merklich, zog sie an sich heran und versuchte, sie zu küssen. Sie war schon wieder nüchtern und durch Erichs Schnarchen munter geworden. Wie er so nackt neben ihr lag, auf dem Rücken, alle Viere von sich gestreckt, schnarchend, das war schon nicht schön, aber ihn mit dieser Fahne zu küssen, einfach nur eklig. Aber das Schlimmste war, dass sie glaubte, schwanger zu sein von diesem stinkenden Proleten.

„Uschi, mach kein Quatsch!"

Nun hatte der Spruch was Bedrohliches und sein Griff etwas von einem Schraubstock. Sie riss sich los und fiel auf den Fußboden.

„Alles klar, Frau Niedermeyer? Haben Sie sich verletzt?" Der Vollzugsbeamte hatte die Luke der Zellentür geöffnet und leuchtete mit der Taschenlampe herein.

„Alles gut", antwortete sie kleinlaut, „ich habe nur schlecht geträumt."

176

Sie blickte sich um. Ihr linker Arm und der Rücken schmerzten. Sie war von der Pritsche auf den harten Betonfußboden gefallen.

„Also, Frau Niedermeyer, wenn Sie auf dem Fußboden schlafen wollen, das ist ihre Sache, aber schreien Sie hier nicht rum. Es ist Nachtruhe", sagte der Beamte mit einem leichten Lächeln. Er machte die Taschenlampe aus und schloss die Luke in der Tür.

Sie merkte, dass sie völlig durchgeschwitzt war, stand auf, legte sich wieder zurück auf die Pritsche, deckte sich zu und starrte an die Decke. Plötzlich war dieses Ohnmachtsgefühl wieder da.

Ihr Leben war nicht mehr das gleiche, seitdem Erich in Göttingen aufgetaucht war. Sie hoffte, dass ihre Tochter das Paket an der beschriebenen Stelle abgelegt hatte. Das würde ihr zumindest Zeit verschaffen.

Doch Zeit wofür?

Sie spürte, wie ihr zuerst eine Träne über die Wange lief, dann bekam sie einen Weinkrampf. Sie hatte die Kontrolle verloren. Das war ihr nur bei Erich passiert, früher, doch jetzt war er wieder da. Aber eines hatte jetzt Priorität. Er durfte auf keinen Fall erfahren, dass er Vater war. Zumindest in diesem Aspekt musste sie die Kontrolle behalten.

„Wieso muss sie einem Arzt vorgestellt werden?", fragte Moulin.

„Nun ja, der Amtsarzt muss feststellen, ob sie heute überhaupt vernehmungsfähig ist", antwortete Stürmer.

„Was war denn los?" Moulin wurde langsam ungeduldig.

„Also, der Justizangestellte ist nachts zur Zelle von Frau Niedermeyer gegangen, weil sie mehrfach geschrien hatte. Anscheinend ist sie aus dem Bett gefallen und hat sich weh getan. Zumindest muss sie erst einmal genau untersucht werden", erklärte Stürmer, der das Telefonat aus dem Untersuchungsgefängnis entgegengenommen hatte, den drei Kollegen von Europol.

„Tja, dann ist wohl unser Plan für heute erst einmal hinfällig", resümierte Simond und schaute den ungeduldigen Moulin fragend an. Renard war, wie jeden Tag, damit beschäftigt, die wiederhergestellten Seiten der kreuzgeschredderten Akten durchzulesen, die er regelmäßig alle zwei bis drei Tage aus der Zentrale zugeschickt bekam. Er unterbrach kurz und wandte sich an seine Kollegen.

„Na, dann lasst uns doch nach Mariaspring fahren. Wir können ja mit dem Technischen Hilfswerk telefonieren, dass sie jemanden dorthin schicken, der weiß, wie wir zu diesem Gang kommen."

Moulin und Simond schauten sich kurz an und nickten dann zustimmend.

„Haben Sie Zeit, mitzukommen?", fragte Simond Stürmer.

„Na klar", sagte dieser erleichtert, „ich dachte schon, ihr vergesst mich zu fragen. Wie sieht es aus mit der Spurensicherung?"

„Ich glaube nicht, dass das schon notwendig ist", antwortete Renard nach kurzer Überlegung. „Aber vorher müssen wir noch das Polamidon im Botanischen Garten positionieren, dort, wo die Tochter von Frau Niedermeyer es hinterlegen wollte."

„Okay", sagte Moulin an Stürmer gewandt, „können Sie jemand Erfahrenes in Bezug auf Observation abstellen, der den Eingang im Auge behält?"

„Lassen Sie mich überlegen", Stürmer ging kurz gedanklich einige Kollegen durch, die dafür geeignet wären. „Ich habe da einen Hobbygärtner im Team. Soweit ich weiß, arbeiten sämtliche Gärtner dort ehrenamtlich. Der ist sicherlich total begeistert, wenn er da in der Erde wühlen darf."

„Sehr gute Idee", nickte Simond anerkennend, „können Sie das veranlassen, bevor wir fahren?"

„Kein Thema", sagte Stürmer, nahm den Telefonhörer zur Hand und wählte die Nummer des Kollegen.

Stürmer ärgerte sich schon eine ganze Weile, dass er sich darauf eingelassen hatte, in den Porsche einzusteigen, und nicht vorgeschlagen zu haben, seinen geräumigen Dienstwagen zu benutzen. Nicht nur, dass die hinteren Sitze eine Zumutung waren, dann fuhr dieser Simond auch noch wie ein Henker. Er schien die vierspurige Schnellstraße Richtung Northeim mit einer Rennstrecke zu verwechseln. Stürmer musste sich mit beiden Händen am Vordersitz abstützen, um nicht mit seinem Kopf gegen diesen zu schlagen, als Simond abrupt bremste, um vor dem Tunnel, der die Straße auf zwei Spuren begrenzte, in letzter Sekunde nach rechts abzubiegen, um der Ausschilderung zur Burg Plesse zu folgen. Gut, dass jetzt fast nur noch Ortschaft kommt, dachte er erleichtert, und blickte zu Renard, der neben ihm saß. Dem schien die Fahrweise Simonds allerdings nicht allzu viel auszumachen, er las immer noch in den Akten, die er am Morgen erhalten hatte.

Stürmer sah aus dem Fenster. Wie hatte sich hier alles in den letzten Jahren verändert. Um den Kreisel, den sie durchfuhren, und der sich vor wenigen Jahren noch auf einer grünen Wiese befunden hatte, hatte sich eine erstaunliche Infrastruktur entwickelt. Der Hang auf der rechten Seite war von oben bis unten mit neuen Ein- und Mehrfamilienhäusern bebaut worden. Göttingen platzte aus allen Nähten, und wenn es Wohnungen gab, dann waren sie nicht mehr bezahlbar. Wahrscheinlich einer der Gründe für den Bauboom in der Peripherie. Stürmer fand diese Entwicklung schon lange nicht mehr schön und überlegte nicht zum ersten Mal, aufs Land zu ziehen, wenn da nicht der weite Arbeitsweg nebst verstopfter Zufahrtsstraßen Tag für Tag wäre. Und wie so oft vertagte er dieses Thema auf die Rente, die er an manchen Tagen mehr als herbeisehnte. Doch seit er mit den Kollegen von Europol unterwegs war, kamen ihm solche Gedanken immer seltener.

Mit einem gekonnten Schwung parkte Simond seinen Porsche auf dem Parkplatz der Papiermühle. Stürmer war erleichtert und quetschte sich, nachdem Simond ausgestiegen war, an der umgeklappten Rücklehne vorbei ins Freie. Er räkelte sich erst einmal, um zu überprüfen, ob sein Rücken noch funktioniert. Dann sah er sich auf dem Parkplatz um. „Nur für Gäste und Angestellte der Volkshochschule" stand auf dem Hinweisschild, vor dem Simond seinen Wagen geparkt hatte. Na, egal, dachte Stürmer, wir sind ja schließlich die Polizei. Vor einer Informationstafel ein paar Meter weiter stand ein Mann im blauen THW Anzug und las, er warf den

Neuankömmlingen einen kurzen Blick zu, dann widmete er sich gleich darauf wieder der Tafel.

Stürmer ging direkt auf den Mann zu und streckte ihm die Hand entgegen: „Hallo", sagte er freundlich, „wir kennen uns ja schon, das sind meine Kollegen von Europol", und wies dabei auf die drei Franzosen.

Der Mann schaute etwas verdutzt, zögernd erwiderte er den Handschlag: „Die Polizei im Porsche, sieh mal an. Ach, und übrigens, dieser Kollege, Dieter, wegen dem Sie mich schon mal aufgesucht haben, der hat eine Abmahnung erhalten."

„Gut, wollen Sie uns den Weg zeigen?", antwortete Stürmer.

Simond, Renard und Moulin stellten sich ebenfalls vor, dann schauten sie sich an dem eingezäunten Quelltopf noch etwas um. Es war erstaunlich, welche Massen klaren Wassers aus dem Felsgestein Sekunde für Sekunde sprudelten, um sich nach wenigen Metern ziemlich unspektakulär in einen Kanal zu ergießen. Die alte Papiermühle hinter ihnen war mit einem Putz überzogen worden, welcher das ursprüngliche Fachwerk nicht einmal mehr erahnen ließ. Aber die Struktur des Bauwerks ließ keinen Zweifel aufkommen, das Gebäude war sehr alt. Ein quer zum Haupthaus stehender Anbau war nicht so entstellend renoviert und wies noch das alte Fachwerk auf. Stürmer überlegte, war dort nicht das Atelier, wo die Niedermeyer angeblich ein Bild bestellt hatte?

Die drei Franzosen bündelten ihre Beobachtungen mit einem „Magnifique!", und fragten Stürmer, der sich immer noch mit dem Mann vom THW über die Vorkommnisse an diesem Gang unterhielt, ob er nun bereit wäre, loszugehen.

„Klar", antwortete dieser, und ging voraus. Der Weg war mit kleinen Hinweisschildern versehen, auf einem war die Distanz zur Burg Plesse mit 3,4 Kilometern ausgewiesen.

Simond betrachtete kurz seine neuen Schuhe, die er sich gestern noch in einer Göttinger Boutique gegenüber der Mensa gekauft hatte. Mit dem Inhaber hatte er ein sehr interessantes Gespräch geführt. Als er dann erzählt hatte, warum er hier war und für wen er arbeitete, hatte dieser noch jede Menge Details zu der Zeit in den Achtzigern parat. Simond war erstaunt, wie viele Parallelen er mit diesem Mann hatte.

Aber für diesen Weg waren die handgenähten Schuhe mit Ledersohle eher suboptimal. Also, Augen zu und durch, dachte er und bog als Letzter in den Weg ein, der oberhalb des Quelltopfes neben dem ehemaligen Schankpavillon den Berg zwischen den mit Trockenmauern angelegten Terrassen zu einem immer dichter werdenden Wald hinaufführte. Nachdem sie kurz darauf die Straße überquert hatten und, zum großen Ärger Simonds, nochmals einen schmalen, erdigen Waldweg in Richtung der Burg hinauf mussten, stoppte der Mann vom THW abrupt und überlegte.

„Ich glaube, wir müssen hier lang", sagte er nach kurzem Grübeln, „wir sind das letzte Mal von der Straße her gekommen. Doch, hier sind wir richtig, hier müssen wir lang."

Den Weg, den er einschlug, konnte man maximal als Pfad bezeichnen. Spätestens jetzt wurde Simond klar, dass er komplett verkehrt gekleidet war. Nach weiteren zehn Minuten waren sie endlich angekommen. Simond nahm ein frisches Taschentuch aus der Packung und versuchte, die

Schuhe damit zu reinigen, was bei Moulin für ein Schmunzeln sorgte. Unglaublich, wie sich Simond gewandelt hatte, ging ihm durch den Kopf.

„Das ist der Stein", sagte der Mann vom THW stolz und ein wenig erleichtert, denn er war bis zum Schluss unsicher gewesen, ob sie sich wirklich auf dem richtigen Weg befanden. Es hatte in den letzten Wochen viel geregnet, so dass die Narben, die das Einsatzfahrzeug und das Bewegen des Steines hinterlassen hatten, schon fast nicht mehr zu erkennen waren.

Renard blieb in einigem Abstand stehen und blickte sich um. Er nahm seine Aufzeichnungen aus der Umhängetasche, die er vorsorglich auf dem schmalen Pfad in dieser verstaut hatte, um sie vor den ganzen feuchten Ästen und Blättern zu schützen. Er nickte kurz, wie, um sich seinen ersten Eindruck zu bestätigen, und ging dann auf den Stein zu. Dieser schien einmal komplett mit Moos bewachsen gewesen zu sein, welches durch das Wegrollen auf einer Hälfte vollständig verschwunden war. Renard holte ein Paar Handschuhe aus der Tasche, die er seit seiner Zeit als Spurensicherer gewohnheitsmäßig ständig bei sich trug, und wischte an den deutlich erkennbaren Schleifspuren entlang, dann stutzte er kurz.

„Volltreffer", sagte er laut auf Französisch und rief seine Kollegen zu sich, die eine Baumschneise, die eine Sichtachse zur Burg auftat, nutzten, um den imposanten Turm zu bewundern.

„Was gibts?", fragte Simond, und trat zusammen mit Moulin zu ihm.

„Hier, schaut mal!", Renard wischte nochmals über die Gravur, die er entdeckt hatte, und holte seinen Fotoapparat heraus, um sie abzulichten. „Wir sind auf der richtigen Spur", sagte er dann, eigentlich mehr zu sich selbst, „das Zeichen der Freimaurer." Er zoomte die Gravur auf dem Display größer und fuhr, wie zur Bestätigung, an den Außenlinien, die eine Art V oder, bei wohlwollendem Blick, einen Zirkel beschrieben, mit dem Finger entlang und zeigte danach zu den großen alten Bäumen, die, mit dem Stein als Zentrum, genau dasselbe Zeichen darstellten.

„Erstaunlich!", Simond war nachhaltig beeindruckt. Moulin wechselte ebenfalls die Position, um sich die Gegebenheiten mit dem neuen Hintergrund der Gravur genauer anzuschauen. Kein Zweifel. Moulin nickte ebenfalls zustimmend. „Großartig, ich glaube, wir müssen uns den Gang im Botanischen Garten auch nochmal genauer anschauen", sagte er dann.

„Kann ich jetzt gehen?", fragte der Mann vom THW, der ungeduldig hin und her lief, „ich habe auch noch was anderes zu tun."

„Natürlich", antwortete Stürmer, der gerade an den prominenten Polizeieinsatz zu Goethes Zeiten denken musste.

„Was ist geschehen?", Stürmer nahm das Handy vom Ohr und seufzte ein langes „das darf doch nicht wahr sein."

„Was meinst du?", fragte ihn Simond, den Stürmers verstörtes Gesicht beunruhigte. So hatte er den deutschen Kollegen noch nicht erlebt.

„Der Kollege hat sich gemeldet."

„Welcher Kollege?" hakte Simond nach. Renard und Moulin hatten sich schon in den Porsche gezwängt, und gerade als Stürmer einsteigen wollte, erreichte ihn diese Nachricht.

„Der Kollege, den wir für die Beobachtungen im Botanischen Garten abgestellt haben, ist zusammengeschlagen worden. Er ist Gott sei Dank wieder bei Bewusstsein und konnte die Situation schildern. Ein alter, abgerissener Mann mit ebenso verschlissenem Trolley war im Garten unvermittelt auf ihn zugekommen. Der Kollege hatte eigentlich gedacht, dass der ihn etwas fragen wollte, da ihn innerhalb der letzten Stunde schon mehrere Besucher angesprochen hatten und Auskunft über die ein oder andere Pflanze haben wollten. Und so ein Obdachloser, was sollte da schon nicht stimmen. Aber plötzlich und unvermittelt hatte er einen Kick vors Brustbein bekommen und war dann auch noch mit dem Kopf auf einen Stein aufgeschlagen. Als er wieder zu sich kam war der Angreifer weg, der Trolley stand noch herum. Wie sich herausstellte, hatte er sich diesen von einem Obdachlosen ausgeliehen. Die Tür in den Wall stand offen und der Weg zwischen den Brennnesseln wies frische Fußspuren in beide Richtungen auf. Das Polamidon ist natürlich auch weg."

„Er wird leichtsinnig", sagte Moulin, der wieder ausgestiegen war, „lasst uns schnell dorthin fahren."

Bei der Andeutung „schnell" wurde Stürmer schon wieder übel. Trotzdem zwängte er sich eilig auf die hintere Sitzbank. Simond startete den Porsche und fuhr mit quietschenden Reifen los. Während der Fahrt rief Moulin die Spurensicherung an und orderte sie zu beiden Orten. Er hatte sich nach einem kurzen Abgleich mit Renard und

Simond entschlossen, dass sie jetzt doch die Unterstützung weiterer Kollegen von Europol brauchten.

„Guten Morgen, Frau Niedermeyer, geht es Ihnen heute besser?", fragte Simond höflich mit hochgezogenen Augenbrauen, als diese gerade von den Beamten in der Verhörraum gebracht wurde. Heute hatten sich alle bewusst dafür entschieden, diesen dunklen, mit vergittertem Fenster und grau getünchten Backsteinen wenig wohnlichen Raum zu benutzen, um dem Verhör Nachdruck zu verleihen. Bei den früheren Befragungen in Stürmers Büro hatten alle stets den Eindruck gehabt, dass ihr Gegenüber die Situation viel zu entspannt sah.

Doch heute war es anders. Vor ihnen saß eine gebrochene Frau. Diese eloquente, redegewandte Frau, die sie ständig auf die Probe gestellt hatte, gab es nicht mehr.

Ihr streng nach hinten frisierter Haarschnitt war einer relativen Unordnung gewichen. So, wie es aussah, hatte Frau Niedermeyer schon versucht, sich herzurichten, hatte es allerdings nicht mal annähernd in der ihr eigenen Perfektion geschafft. Auch ihre Businesskleidung sah aus, als hätte sie in ihr geschlafen.

„Sparen Sie sich doch Ihre süffisanten Andeutungen", antwortete sie auf Simonds Frage, „wie soll es mir schon gehen? Mein Leben ist zerstört", sagte sie leise und blickte dabei schüchtern in die Runde, als wolle sie vorsichtig überprüfen, ob ihre neue Strategie Früchte trug. Doch als sie versuchte, sich zu konzentrieren und ihre Gegenüber in gewohnter Weise zu analysieren, merkte sie, dass es ihr nicht gelang. Zu sehr hatten die letzten zwei Nächte ihre

Spuren hinterlassen. Sie war nicht mehr die junge, blitzgescheite Revoluzzerin, die während ihrer Ausbildung in den Stasi Camps gelernt hatte, mit wenig Schlaf auszukommen und in jeder Situation optimal konzentriert zu sein. Nein, ihr war in den vergangenen Nächten in der, zugegeben recht komfortablen, Zelle (solchen Komfort hatte die Stasi ihren politischen Gegnern bei Inhaftierung nicht mal ansatzweise geboten) klar geworden, dass sie alt war und den ganzen Scheiß von früher völlig aus ihrem Denken, ja aus ihrem ganzen Leben verbannt hatte.

Sie war ein angesehenes Mitglied der Göttinger High Society, wie viele ihrer alten Genossen, die allesamt eine Hundertachtzig Grad Wende vollzogen hatten und den kapitalistischen Verführungen bis in die Haarspitzen verfallen waren. Sie musste aller Wahrscheinlichkeit nach damit leben, dass ihre bürgerliche Existenz zerstört war, aber die ihrer Tochter? Nein, das durfte nicht passieren. Manchmal hatte sie das Gefühl gehabt, dass diese so gar nichts mit ihrer Mutter anfangen konnte. Sie war so stockkonservativ, und das in dem Alter. Sie hatte sich oft Gedanken über ihre Tochter gemacht. Das konnte eigentlich nicht gut gehen, irgendwann würde sie alles nachholen wollen, oder einmal total verbittert werden, wenn sie älter wurde.

Sie selbst hatte nichts nachzuholen, ganz im Gegenteil. Sie hatte es geschafft, endlich zur Ruhe zu kommen. Auch so etwas Ähnliches wie eine Mutter zu sein, denn viel hatte sie sich früher nicht um ihre Tochter gekümmert. Frau Niedermeyer hatte über sich und ihre Tochter nachgedacht, jetzt, wo sie solche Gedanken überhaupt erst einmal zulassen konnte. Ihr Vater hatte das Verhältnis zu ihr sicher oft genauso empfunden und war genervt gewesen, wie sie heute von der Einstellung ihrer Tochter. Generationskonflikt halt.

Früher hätte sie gesagt, wir sind die erste Generation, die aus der Geschichte gelernt hat und die Welt zu einem besseren Ort macht. Doch wenn sie sich selbst und ihre ehemaligen Mitstreiter so ansah, war das mitnichten der Fall. Politische Ideen kommen und gehen, das Einzige, was bleibt, ist der unvollkommene Mensch. Und dieser missbraucht immer wieder die Macht, wenn er sie erst einmal hat. Ja, gerade auch ihre Generation, die Revoluzzer, die jetzt fest im Sattel der Macht saßen, aber immer noch glaubten, es sei völlig legitim, mit dem Fahrrad auf dem Gehweg und in Fußgängerzonen zu fahren und dabei lächerliche Fahrradhelme trugen, die wiederum ihren mittlerweile seriösen Anspruch unterstreichen sollten.

„Frau Niedermeyer", Simond hob die Augenbrauen noch etwas höher und riss sie aus ihren Gedanken, „sind Sie bereit? Können wir anfangen?"

„Machen Sie doch was sie wollen."

„Wir haben Ihre Tochter festgenommen", begann Simond.

Sie überlegte noch, was sie darauf antworten sollte, als ihr ein völlig unkontrolliertes „Scheiße!" rausrutschte, zwar leise, aber trotzdem klar verständlich.

„Wenn Sie das so zusammenfassen wollen", Moulin nickte zustimmend, „da muss ich Ihnen recht geben, so in etwa könnte man Ihre Situation beschreiben. Drogenhandel, Verstoß gegen das Betäubungsmittelgesetz, Mitglied in einer terroristischen Vereinigung", Moulin machte kurz Pause und wartete auf ihre Reaktion.

Nach einer ganzen Weile übernahm Simond erneut das Verhör. „Frau Niedermeyer, Ihre Approbation als Ärztin sind Sie los, Sie werden nie wieder als Psychiaterin arbeiten, soviel ist sicher. Aber dass Sie da Ihre Tochter mit reingezogen haben, das spricht ebenso nicht für Sie. Ihre Tochter ist, im Gegensatz zu Ihnen, eine völlig unbescholtene Person mit ausgezeichnetem Leumund. Können Sie es nicht ertragen, dass es ihr besser geht als Ihnen? In Ihre menschlichen Abgründe und die Ihrer Genossen möchte ich überhaupt nicht schauen. Ich bin mir sicher, dass es besser für die Menschheit ist, wenn Sie niemanden mehr behandeln."

„Jetzt halten Sie doch ganz einfach Ihre dämliche Fresse!", Frau Niedermeyer war von ihrem Stuhl aufgesprungen, stützte sich mit den Händen auf dem Tisch ab und schaute Simond mit hasserfülltem Blick und knallrotem Gesicht an. Tränen liefen über ihre Wangen und aus dem Mundwinkel tropfte Speichel. Ihr war klargeworden, dass sie trotz aller Schwüre und Versprechen ganz einfach nicht in der Lage war, die Konsequenzen, die diese in solch einer Situation von ihr verlangten, zu ziehen, wie ihre Genossen damals in Stammheim. In der aussichtslosesten Lage, in der sie sich je befunden hatte, hing sie so an ihrem Leben wie nie zuvor. Ständig hatte sie Erichs Spruch im Ohr, den er ihr in dem Moment zuflüsterte, als er bemerkte, dass die Polizei in Mariaspring aufkreuzte, „Verräter sterben, und wenn du schlau bist, Uschi, erledigst du das selbst. Ich würde nur äußerst ungern Hand bei dir anlegen. Denk an deine Tochter", hatte er abschließend mit diesem Blick gesagt, der ihr noch immer das Blut in den Adern gefrieren ließ. Dann war er in Richtung Burg Plesse verschwunden.

Sie ließ sich wieder zurück auf den Stuhl fallen und weinte nun völlig hemmungslos. Simond schaute zu Moulin, Renard war noch mit seinen Notizen beschäftigt und sah nur kurz und gedankenversunken zu seinen Kollegen. Die Koordination der spurentechnischen Sicherungsarbeiten in beiden Gängen hatte ihn völlig in ihren Bann gezogen. Für einen Moment überlegte Simond, einen Arzt zu rufen, verwarf die Idee aber wieder und schob Frau Niedermeyer stattdessen eine Packung Taschentücher über den Tisch, derer sie sich wortlos bediente.

„Wir könnten Ihnen ein Angebot machen", sagte er dann ruhig. „Sie machen eine umfängliche Aussage, und wir lassen dafür Ihre Tochter da raus."

Sie begann erneut zu weinen, riss sich aber nach kurzer Zeit zusammen und versuchte, sich zu sammeln. Sie putzte sich die Nase, wischte ihr Gesicht ab, strich sich mit den Händen durch die Haare und zog abschließend am Bund ihres Jacketts. Dann setzte sie sich gerade hin und holte tief Luft. „Ich bin bereit, meine Herren, wir können anfangen," sie hatte ihren arroganten Tonfall wiedergefunden, „was wollen Sie wissen?"

„Woher genau kennen Sie diesen Erich?", fragte Simond als Erster.

„Das wissen Sie doch", sie stieß einen leichten Seufzer aus, „er war einer der Ausbilder in Mecklenburg, genauer gesagt, im Bereich Nahkampfausbildung und Spuren-vermeidung."

„Interessant", bestätigte Moulin, „das deckt sich genau mit unseren bisherigen Ermittlungen."

„Da hätte ich gleich mal eine Frage", Frau Niedermeyer blickte, fast schon devot, in Richtung Moulin, „hat Erich Lehmann nun sein Polamidon bekommen?"

Moulin schaute fragend zu Simond, und der zu Renard. Sie nickten sich alle drei zustimmend zu, dann antwortete Simond: „Klar."

„Gott sei Dank", Frau Niedermeyer schien sehr erleichtert, „er hatte gedroht, das Haus, in dem sich die Praxis befindet, anzuzünden, nachdem er sich das Zeug selbst herausgeholt hat. Und, wie Sie wissen, befindet sich auch die Praxis meiner Tochter darin."

„Nun, Frau Niedermeyer, unserer Erfahrung nach ist er auch durchaus dazu in der Lage."

„Durchaus in der Lage, dass ich nicht lache!" Sie schaute gekünstelt. „Der Mann ist ein Killer, und ohne das Pola noch gefährlicher als sonst schon! Dieser Mensch ist nicht nur skrupellos, sondern auch ein Alkoholiker und Junkie. Dass der vor nichts zurückschreckt, hat man ja bei Johnny gesehen", schob sie noch hinterher. „Johnny war damals der Feingeist der Truppe gewesen, unser Philosophiestudent. Nächtelang haben wir geredet über Nachkriegsdeutschland. Die ganzen Nazis, die wieder in Amt und Würden waren. Und als unsere Aufgabe sahen wir es damals, diesen Leuten den Spiegel vorzuhalten. Die Welt zu einem besseren Ort zu machen."

„Nun ist aber gut", Simond unterbrach ihre Erzählung, „soweit ich mich erinnere, war die RAF für etliche Morde, Entführungen, Überfälle und etliches mehr verantwortlich! Morden für eine bessere Welt?!"

„Ach, wissen Sie", sie lehnte sich zurück, schlug ihre Beine übereinander und sah auf ihre Fingernägel, als würden sich darauf Notizen befinden, die sie nun ablas, „Sie sind Franzosen, wenn ich mich nicht täusche. Sie haben doch genauso gelitten unter den ganzen Nazi Arschlöchern in Deutschland, die nach dem Krieg auf einmal alle Demokraten waren und von den ganzen Gräueltaten des Dritten Reiches nichts mehr wissen wollten und heimlich ihre Uniform und andere Accessoires vergraben oder verbrannt hatten. Wie oft hatte Johnny über sein Lieblingsthema geredet, Schuld, Recht und Gesetz. Gibt es ein höheres Interesse, um das Töten von Menschen zu rechtfertigen? Das war die Frage, die ihn umtrieb, und die er für sich persönlich eindeutig mit ‚Ja‘ beantwortet hatte.“

„Sie machen es sich ja ganz schön einfach“, sagte Simond erregt, „Sie haben damals ganz einfach mal die Schuld eines Menschen festgelegt und ihn danach exekutiert! Haben Sie jemals was von Demokratie und Gewaltenteilung gehört?“ Er schlug auf den Tisch und musste tief durchatmen.

„Ja, natürlich habe ich das“, entgegnete sie, betont gelassen, und genoss es ein wenig, den Polizisten, den sie als Wortführer ausgemacht hatte, aus der Fasson gebracht zu haben. „Eine Demokratie, in der es von Altnazis nur so wimmelte, merken Sie eigentlich, wie absurd Ihr Argument ist? Ich gebe Ihnen mal ein Beispiel. Nehmen wir mal an, Stauffenberg hätte es damals geschafft, Hitler zu töten. Der Zweite Weltkrieg wäre beendet gewesen und der Welt Zigtausende an Toten erspart geblieben. Deutschland wäre nach dem Erfolg dieser Tat ein völlig anderes Land gewesen, die Geschichtsschreibung eine komplett andere. Dieser Stauffenberg ist für Sie, mit Ihrer verlogenen Auffassung von Recht, ein Held, ein Widerstandskämpfer.

Sachlich betrachtet war das auch nichts anderes als das, was wir getan haben. Der Vietnamkrieg, der Tod von Benno Ohnesorg. Der Mordversuch an Rudi Dutschke. Die Gewalt gegen friedliche Studenten, und bei den Notstandsgesetzen, Rasterfahndung und so weiter, da haben sich diese sogenannten Demokraten ja dann selbst entlarvt. Ich gebe zu, dass dann alles etwas aus dem Ruder gelaufen ist, das war auch der Grund, weswegen ich dann für mich beschlossen habe, auszusteigen und nach der Wende nach Göttingen zurückzukehren. Aber vor allem habe ich das für meine Tochter getan."

Simond und Moulin atmeten tief durch, Renard hatte sich wieder in die Akten vertieft und runzelte nur kurz die Stirn, als er zu seinen Kollegen rüberschaute, dann widmete er sich wieder seiner Arbeit.

„Nun gut, Frau Niedermeyer", Moulin versuchte, das Verhör fortzuführen, „warum kommt dieser Erich Lehmann nun ausgerechnet zu Ihnen, nach so vielen Jahren? Und, vor allem, warum setzen Sie für ihn Ihre Existenz aufs Spiel?"

„Sie haben wirklich keine Ahnung", sie lächelte gekünstelt, „diese Leute, gegen die waren der größte Teil der RAF Waisenkinder. Am Anfang hatte mich das fasziniert, Kommunisten, die bereit waren, alles zu tun für ihre Überzeugung. Eine bessere Gesellschaft. Doch als ich merkte, was wirklich dahinter steckt, war es schon zu spät. Ich war von diesem Menschen schwanger. Er und seine Kameraden vom Wachregiment hielten regelmäßig Clubabende ab, bei denen sie Adolf Hitler verehrten und sich mit Nazizeugs schmückten, welches sie sammelten. Sie können sich vielleicht ansatzweise vorstellen, was das für mich für ein Schock war. Vor allem bei der Geschichte von meinem Vater, der ja letztlich der Grund war für meine politische Orientierung. Wissen Sie", sie machte eine kurze Pause, bevor sie weitersprach, „braun war für mich, um mal in Farben zu sprechen, nicht akzeptabel. Aber rotbraun – nicht zu ertragen. Ich hasste meinen Vater, und musste dann feststellen, dass der Vater meines Kindes noch viel schlimmer war. Und", kurz zögerte sie und überlegte, ob sie weiterreden sollte, „und diesen Leuten habe ich geholfen, an Informationen zu gelangen, was unter anderem mit meiner Ausbildung zu tun hatte."

„Können Sie das vielleicht präzisieren", hakte Simond nach.

„Ich bin darauf wahrhaftig nichts stolz, das können Sie mir glauben oder auch nicht. Sagen wir mal so, ich habe mit meinem Wissen daran mitgewirkt, für inhaftierte politische Verräter, so nannten wir sie damals, ein Klima zu schaffen, das ihnen half, sich von ihrer konterrevolutionären Ideologie zu lösen und, im optimalen Fall, mit uns zusammenzuarbeiten."

„Merde!", platzte es Simond heraus, „das ist zynisch und menschenverachtend!"

„Was ist los mit Ihnen, Sie Gutmensch", sie blickte Simond tief in die Augen, „wollen Sie nun was von mir erfahren oder den Moralapostel spielen."

„Ja, ist ja gut, oder auch nicht", Simond hatte sich wieder im Griff, „wo zum Beispiel war das genau?" fragte er streng und erwiderte den Blick.

„In Bautzen II und später bei den Gitter-Projekten", entgegnete Frau Niedermeyer salopp, als wären das die normalsten Orte der Welt.

„Okay, die Gitter-Projekte, davon haben wir in den Unterlagen gelesen."

Sie lachte schallend. „Was für Unterlagen?", fragte sie lachend.

„Nun ja, Stasiakten", sagte Moulin, etwas verunsichert.

„Ja, schön für Sie, aber glauben Sie wirklich, dass Sie damit was anfangen können?" Sie schüttelte den Kopf.

„Glauben Sie mir eines. Am Tag nach dem Sturm auf die Stasi-Zentralen und -Archive wurden diese von genau dieser wieder bewacht. Das war generalstabsmäßig geplant. Das Wachregiment war für diese Aufgabe eingeteilt. Nur, dass sie für diesen Fall schon im Vorfeld mit Wachschutzuniformen versorgt worden waren. Diese Leute besitzen heute die meisten Wachschutzfirmen in Deutschland, bis hin zum Personenschutz der Bundeskanzlerin."

„Ach ja", Simond musste schmunzeln, „dieses Projekt war damals der nahtlose Einstieg in das lukrative Geschäft des Bundesdeutschen Wachschutzes, das ist uns durchaus bekannt. Erzählen Sie uns doch ganz einfach mal etwas mit mehr Substanz, Frau Niedermeyer."

Diese überlegte und schaute erneut auf ihre Fingernägel.

„Können wir Sie nochmal an unseren Deal erinnern? Sie helfen uns weiter, und wir halten Ihre Tochter da raus."

„Okay", sie überlegte und nickte dann, „damals, als die Mauer noch stand, sind wir von der RAF eigentlich nach Belieben vom Westen in den Osten gereist und umgedreht. Ich habe mal gehört, dass diese Aktionen das ‚Blaue Band' genannt wurden. Erich war dafür verantwortlich. Wenn es für uns mal eng wurde, zum Beispiel während der Rasterfahndung nach einer Aktion, wurden wir von einem Mitarbeiter meist in der Nähe der Grenze in Empfang genommen, uns wurden die Augen verbunden, wir wurden in ein Auto gesetzt, sind ein paar Minuten gefahren und wurden dann durch Gänge unter der Grenze durchgeschleust. Ich selbst ganze drei Mal während meiner aktiven Zeit. Wo diese Gänge konkret verlaufen, kann ich allerdings nicht sagen, soweit haben die uns ganz einfach nicht vertraut. Allerdings muss das etwas mit den Gitter-Projekten zu tun gehabt haben und mit den Freimaurern, die dort vor der offiziellen Abnahme beziehungsweise Inbetriebnahme interniert waren, soviel habe ich dann schon mal aufgeschnappt."

Renard hatte mittlerweile aufgehört, in den Akten zu stöbern und hörte ebenfalls aufmerksam zu.

„Damals, an dem Tag, als Conny hier in Göttingen überfahren wurde, ich weiß nicht, ob Sie davon schon mal was gehört haben. An ihrem Denkmal wurde auch Johnny überfahren, und ihr Kollege Stürmer hat mich dort gesehen, als ich eine Rose für ihn ablegen wollte. Jedenfalls, ich war zu der Zeit schon ausgestiegen und nach Göttingen zurückgekehrt, als ich zufällig Erich dort wiedertraf, als er gerade aus der Burgschänke, einem Treffpunkt der Nazis, herauskam. Als er mich erkannte, ging er direkt auf mich zu und grinste mich an. ‚Na, Verräterin, biste doch wieder in Göttingen gelandet?', dann ließ er mich stehen. ‚Jetzt holen wir uns das, was die Freimaurer versteckt haben', rief er noch. Ich habe mich total gewundert, was er mir damit sagen wollte. Aber ich glaube, dass er in diesem Moment schon wieder total breit war, er war schon früher manchmal sehr redselig, wenn er besoffen war. Er prahlte dann schon mal damit, dem größten Schatz der Menschheit auf der Spur zu sein."

Renard kratzte sich am Kopf und schaute zu seinen Kollegen. Er hatte sich angewöhnt, bei den Verhören und Vernehmungen dabei zu sein, wenn es seine Zeit erlaubte, aber sich direkt daran zu beteiligen war eher nicht seine Art. Er war halt immer noch der Spurensicherer. Doch nun war der Moment gekommen, an dem er meinte, sich Luft machen zu müssen. Als er anfing zu reden, bemerkte er, wie Frau Niedermeyer leicht zusammenzuckte, so ungewöhnlich erschien auch ihr seine Wortmeldung.

„Frau Niedermeyer", begann Renard langsam, im Gegensatz zu seinen Kollegen hatte er noch den deutlichsten Akzent, „wollen Sie uns eigentlich verarschen? Sie erzählen uns was vom größten Schatz der Menschheit, und dass wir keine Ahnung hätten. Alles, was Sie hier von sich geben, wissen wir bereits, mehr oder weniger. Aber um Ihre Tochter zu schützen, wird das nicht reichen. Wir suchen einen Verrückten, der Göttingen erpresst, und wir haben mittlerweile zwei Tote, die an einem biologischen Kampfstoff, genauer durch eine Granate mit Pestaerosol, gestorben sind. Wir müssen davon ausgehen, dass dieser Mensch solche Granaten weiterhin skrupellos einsetzen wird und haben keine Ahnung, wie viele davon er noch in seinem Besitz hat und wo er diese aufbewahrt. Also bitte, Frau Niedermeyer, langweilen Sie uns nicht mit ihrem ideologischen Müll und Geschichten über den größten Schatz der Menschheit!"

Simond und Moulin nickten zustimmend, als Renards Telefon klingelte und er aufstand und das Verhörzimmer verließ, um das Telefonat anzunehmen. Er hatte schon eine Weile auf diesen Anruf gewartet. „Wir telefonieren später", sagte er noch schnell an seine Kollegen gerichtet.

Stürmer musste sich hinsetzen, er hatte das Gefühl, dass die Ereignisse des Tages ihm drohten, die Füße wegzuziehen. Diese Kollegen der Spurensicherung von Europol, das war eine ganz andere Hausnummer als das, was sein Dezernat zu bieten hatte. Renard hatte sie vorher noch gebrieft, leider auf Französisch, aber einiges hatte er auch so verstanden, ohne des Französischen mächtig zu sein. Hilfreich war, dass es bei der Fotografie, den Ausdrucken und der PowerPoint Präsentation, die vorher in seinem Büro stattgefunden hatte, um die Geschichte der Freimaurer ging.

Am Morgen war dieser verwirrte Mann in der Dienststelle aufgetaucht und hatte eine Fotografie abgegeben, die im historischen Heizungskeller des Rathauses aufgenommen worden war. „Deswegen ist mein Sohn umgebracht worden!" hatte er gesagt, und wollte einfach wieder gehen. Als ihm der Pförtner hinterherlief, um seine Personalien aufzunehmen, hatte er sich auf den Boden geworfen und laut „Hilfe, Hilfe, die Stasi!" gerufen. Daraufhin hatte man ihn ins Krankenhaus gebracht, wobei man feststellte, dass es sich um den Vater des toten Georg Hoffmann handelte, den man mit Genickbruch auf der Straße gefunden hatte.

Stürmer war zufällig in der Nähe gewesen und konnte einen Blick auf das Foto werfen, und, Volltreffer, es zeigte ein eine Art Hieroglyphe und das Zeichen einer Freimaurerloge. Er hatte das Foto an Renard weitergegeben, der sofort erkannte, dass es sich um das Zeichen der Hamburger Loge handelte, und auch eine Geschichte dazu wusste. „Die Hamburger Loge haben die

Nazis komplett abgerissen", erzählte er, dann verstummte er abrupt und blickte Stürmer an, als wäre ihm ein Geist erschienen. Er drehte sich um und lief im Laufschritt zu dem zweiten LKW der Spurensicherung von Europol, der gerade im Begriff war, loszufahren. Der erste war schon zu dem Gang an der Burg Plesse bei Mariaspring unterwegs.

Stürmer war daraufhin ganz einfach zu Fuß zum Botanischen Garten gegangen, um der Spurensicherung bei ihrer Arbeit über die Schulter zu schauen, aber auch, um, auf Wunsch von Renard, überneugierige Besucher des Gartens hinter der Absperrung zu halten. Nach einiger Zeit kam Renard völlig euphorisch aus dem Gang, in dem das Polamidon für Erich versteckt gewesen war, nun trat auch Stürmer, etwas schüchtern, in das Dunkel. Die Scheinwerfer, die ein grelles Licht auf das Mauerwerk des Tunnels warfen, blendeten seine Augen. Nachdem er sich daran gewöhnt hatte, erkannte er, dass sich ein Teil der Mauer von einer Art Tür öffnen ließ, die aussah wie ein großes Puzzleteil aus Feldsteinen, und sich perfekt in die Mauer aus dem gleichen Material einfügte.

Nun saß er auf einem Stein im Alpinum und konnte das alles noch gar nicht fassen. Er beobachtete Renard, der ein Laptop in der Hand hielt und in einem Plastiksack verstaute. Des Weiteren wurden ein Feldbett und ein Schlafsack aus dem Gang geborgen, die augenscheinlich aus alten Beständen der Nationalen Volksarmee stammten. Einer der Kollegen ging achselzuckend auf Renard zu. Nun hielt es auch Stürmer nicht mehr aus, er stand auf und ging ebenfalls zu Renard. „Können Sie schon etwas sagen?"

Er wusste zwar, dass er nicht der Erste war, dem diese Informationen zustanden, und war aus diesem Grund auch etwas überrascht, dass Renard ohne zu zögern anfing zu berichten.

„Klar", sagte er, „der Gang hinter der Geheimtür ist nach circa zweihundert Metern zugemauert. Unsere Vermessungstechniker konnten aber schon herausfinden, wo er einst einmal hingeführt haben muss.In einiger Entfernung von hier gibt es eine Freimaurerloge der Frauen, dort müsste der Ausgang sein.Wir haben dort zwar schon geklingelt, aber so weit ging die Offenheit und Transparenz dann wohl doch nicht, als dass wir uns ohne Beschluss dort einmal hätten umsehen dürfen. Ach, Kollege", Renard schaute Stürmer erwartungsvoll an, „können Sie mich vielleicht an diesen Ort bringen, den das Foto zeigt, dass dieser verwirrte Mann abgegeben hat?"

„Aber sicher", antwortete Stürmer enthusiastisch, „kein Problem, das ist nur einen Katzensprung von hier entfernt."

„Worüber müssen wir springen?", fragte Renard erstaunt.

„Ach, das ist nur eine Redewendung", entgegnete Stürmer, etwas peinlich berührt. „Ich meinte, das ist nicht weit von hier. Da können wir zu Fuß hingehen."

„Gleicher Tisch wie immer?", fragte Giovanni freundlich und nahm das schon prophylaktisch aufgestellte „Reserviert"-Schild vom Tisch. Simond, Moulin und Renard hatten über die Zeit mitbekommen, dass sich für sie etwas verändert hatte. Immer öfter hatten sie den Eindruck, dass in der Trattoria Gespräche aufhörten und getuschelt wurde. Die Worte „Zeitung" und „Pest" waren die häufigsten, die sie in den leisen Äußerungen vernahmen.

Klar war einiges durchgesickert. Obwohl niemand aus ihrem Team jemals ein Interview gegeben hatte, waren die Zeitungen trotzdem voll mit allen möglichen Spekulationen, aber auch Details, woher auch immer diese stammen mochten. Von Stürmer auf keinen Fall, da waren sich alle drei einig. Stürmer war ein wichtiger Teil des Teams geworden, der mit seinem lokalen Wissen, aber auch durch seine angenehm zurückhaltende Art, unverzichtbar geworden war.

Heute hatte er angekündigt, etwas später zu kommen. Das war kein Problem, da alle drei den ganzen Tag noch nichts gegessen hatten. Renard hatte einen Stapel Unterlagen dabei, und Simond und Moulin schien es, dass er es gar nicht erwarten konnte, damit loszulegen.

Als sie gerade mit dem Essen fertig waren, kam Stürmer durch die Tür. Als er auf ihren Tisch zulief, schüttelte er schon mit dem Kopf. „Nichts, leider", sagte er, während er sich ohne großartige Begrüßung hinsetzte und Giovanni, der sich sogleich mit der Karte näherte, durch Abwinken signalisierte, dass er nichts essen wollte.

„Wir haben leider keine Vergleichs-DNS gefunden. Es ist wahrscheinlich schon zu lange her, dass Kowalke vermisst wurde. Seine Frau hatte auch kein einziges Kleidungsstück aufgehoben."

Moulin und Simond schauten zu Renard, der unvermittelt anfing zu erklären. „Wir glauben, wir haben Kowalke gefunden, beziehungsweise, was von ihm noch übrig ist. Die Sachen und vor allem die Schuhe waren noch recht gut erhalten. Er wies allerdings einige Knochenbrüche auf, vermutlich hat er sich gerade zu dem Zeitpunkt in dem Gang befunden, als dieser vom BND gesprengt wurde. Bei den Schuhen handelt es sich um orthopädische Sonderanfertigungen aus der ehemaligen DDR. Wir wissen, dass Kowalke leicht gehbehindert war. Auch die restlichen Kleidungsstücke stimmen mit der Vermisstenanzeige von damals überein. In dem Gang, den dieser Hobbyarchäologe entdeckt hatte, war eine dieser Abschussvorrichtungen für die Pestgranaten installiert. Wir müssen noch genauere ballistische Berechnungen durchführen, aber es ist davon auszugehen, wenn man die Lage der Austrittsöffnung betrachtet, die im Gegensatz zum Rest des Ganges komplett zerstört ist, dass das Uni Gelände das Ziel dieser Abschussvorrichtung war."

„Perfider geht es doch gar nicht", sagte Simond kopfschüttelnd.

„Im unversehrten Teilstück des Ganges lag eine zerstörte Granate, höchstwahrscheinlich hat sich der Hobbyarchäologe daran infiziert. Wir gehen davon aus, dass er diese gefunden hat und, ohne zu wissen, worum es sich dabei handelte, mitnehmen wollte. Irgendwie muss sie ihm auf dem Weg nach draußen heruntergefallen sein. Das würde den Abstand zu der Anlage erklären. Wonach Kowalke jedoch dort gesucht hat, darüber können wir nur spekulieren, ebenso, wie lang der Tunnel noch ist. Von der Lage der sterblichen Überreste und der Tatsache ausgehend, dass man sich in dem Tunnel nur auf allen Vieren fortbewegen kann, muss Kowalke in Richtung des Ausgangs unterwegs gewesen sein. Hinter seiner Leiche ist der Gang jedenfalls völlig zerstört. Die Kollegen von der Spurensicherung haben berichtet, dass Kowalke einen blechernen Gegenstand in der Hand hielt, der, trotz aller Vorsicht bei der Bergung, zusammen mit mehreren

Steinen, die aus der Decke nachgerutscht sind, in einen anscheinend sehr tiefen Felsspalt gefallen ist. Mittlerweile ist dieser Teil der Spurensicherung nach Brunhagen weitergezogen. Nachdem sie wussten, wonach sie suchen mussten, war alles etwas einfacher. Die Artillerieöffnung konnte detektiert werden. Sie ist auf eine ehemalige Kaserne in Northeim ausgerichtet. Laut BND muss das eine noch unbekannte Anlage sein, die demzufolge auch noch nicht zerstört wurde."

„Da liegt noch eine Menge Arbeit vor den Kollegen der SpuSi", gab Moulin zu bedenken.

„Das kannst du laut sagen", stimmte Simond zu.

„Am Nachmittag habe ich dann mit dem Kollegen Stürmer den Keller im Alten Rathaus aufgesucht. Wir haben eine Weile gebraucht, um die Signatur und die Inschrift zu finden, die das Foto zeigt, das uns der Vater von Georg Hoffmann gebracht hat. Unsere Spezialisten haben die Botschaft allerdings ziemlich schnell entschlüsselt, und nun ergibt alles langsam einen Sinn. Ihr wisst ja, die Freimaurer in der DDR und ihre geheimen Treffen in aller Öffentlichkeit. Die drei Rosen, die hellblaue Kerze und vor allem das blaue Band, mit welchem die Blumen gebunden waren. Am Anfang hatten die Freimaurer in der DDR Privilegien, da der Kampf gegen die Nazis sie und die Kommunisten verbunden hatte. Man kann zwar nur spekulieren, aber so ist vielleicht zu erklären, dass sich die Insignien der Freimaurer in der Fahne der DDR wiederfanden. Doch unter Walter Ulbricht änderte sich vieles. Nun gab es den § 128 StGB, der Geheimbündelei unter Strafe stellte, und somit die Freimaurer in den Untergrund zwang. Sie trafen sich weiter, meist in Leipzig, in Auerbachs Keller oder im Thüringer Hof. Auch der Club 35a, der sogenannte Club der Intelligenz, war solch ein Treffpunkt. Und sie gründeten die Riege der Turner. Aber so ganz konnten sie der Krake der immer größer werdenden Staatssicherheit nicht entkommen. Um zu verstehen, warum einige von ihnen in den Gitter-Internierungslagern untergebracht waren, und zwar noch vor deren offizieller Inbetriebnahme, dazu müssen wir einen kleinen Ausflug in die Geschichte der Geheimloge machen."

Renard nahm einen Schluck Wein, unterbrach seine Ausführungen, da Giovanni die Teller abräumte, und suchte nach den Notizen, die er als nächstes brauchte.

„Um das Ganze noch zu präzisieren", fuhr er dann fort, „mit dem Ende der Tempelritter, der Vorgängerbruderschaft der Freimaurer. Das Ende der Templer begann am 18. Mai 1291, an diesem Tag eroberten die Araber in schweren Kämpfen Jerusalem und den Tempelberg zurück. Die Ritter wurden ihrer lukrativen Aufgabe enthoben, Pilgern sicheres Geleit zu den heiligen Stätten zu bieten, somit fehlte ihnen die bis dahin fürstliche Entlohnung und sie kehrten notgedrungen nach Europa zurück. Dort blickte man mit Neid auf ihre angeblichen Schätze und Reichtümer und ihre Machtposition, allen voran der französische König Philipp IV. Er wollte an die Schätze der Templer, die sich in französischen Klöstern niedergelassen hatten, und drohte dem Papst, wenn er die streng gläubigen Tempelritter nicht verteufelte, würden die Franzosen aus der katholischen Kirche austreten. Also warf man ihnen unter anderem Homosexualität und Götzenanbetung vor, und bei fehlendem Geständnis drohte der Tod auf dem Scheiterhaufen. Am 18. März 1314 wurde der letzte Großmeister der Templer in Frankreich auf dem Scheiterhaufen verbrannt. Tempelritter in Spanien, Deutschland und Portugal wurden zwar nicht so vehement verfolgt, mussten aber trotzdem um ihr Leben fürchten.

Aus diesem Trauma heraus hatten die letzten Templer, die vor der Verfolgung fliehen konnten und sich in Schottland einer neuen Bruderschaft, den Freimaurern, angeschlossen hatten, ein besonderes Sicherheitsbedürfnis, das sich auf die nachfolgenden Generationen übertrug. Vor allem die Konspiration und die Möglichkeit, sich bei Gefahren in Sicherheit zu bringen, ist seit dieser Zeit tief in der Bruderschaft verwurzelt. Daher haben sie, so meine Mutmaßung, an all ihren Wohnsitzen und Logenhäusern geheime Notausgänge angelegt, die nur durch das Wissen um die Symbole der Loge zu finden waren. Meine Hypothese wird bestätigt durch die Markierungen an dem Gang bei der Burg Plesse und an der Geheimtür im Botanischen Garten. Das könnte unter anderem der Grund für die Internierung der Freimaurer in dem Gitter-Projekt gewesen sein, um mögliche Fluchtoptionen auszuschließen, und", Renard machte eine kurze Pause, „um verborgene Schätze der Templer aufzuspüren."

„Wahnsinn! Respekt", sagte Simond, und auch Moulin nickte anerkennend.

„Aber das Spannendste kommt noch", fuhr Renard fort. „Die Signatur im Keller des Alten Rathauses, dieses Zeichen zeigt das Symbol der Loge in Hamburg. Diese wurde 1937, zweihundert Jahre nach deren Gründung als erste Deutsche Loge, auf Anordnung von Heinrich Himmler komplett abgerissen. Himmler vermutete dort den mystischen ‚Schatz der Freimaurer', den Heiligen Gral. Gefunden hatte er allerdings nichts. Wie wir wissen, arbeitete die Staatssicherheit nicht selten mit alten Unterlagen aus der Nazi Zeit, die in einigen Archiven erhalten geblieben waren. Und jetzt lasst uns mal spekulieren. War die Stasi dem Heiligen Gral auf der Spur? Aus dem Stadtarchiv hier in Göttingen wissen wir um die geheimnisvolle Flucht aus dem Gefängniskeller, dieser Reisende, der seine Ware nicht verzollt hatte und mit dieser entkommen konnte. Mal angenommen, es war ein Freimaurer, der den Heiligen Gral aus Hamburg über den Jakobsweg an einen neuen Ort bringen wollte. Angenommen, die Inschrift stammt von ihm. Diese Inschrift gibt Hinweise auf eine Burg hier in der Nähe, dass er dorthin unterwegs war. Der Jakobsweg, eine der Schnellstraßen jener Zeit, an dem sich fast alle der mit ‚Augustus' gekennzeichneten Burgen befinden. Die Burg Hardenberg, auf die der Hinweis hindeutet, gehörte später Karl August von Hardenberg, ebenfalls ein Freimaurer."

„Dann hat uns die Niedermeyer anscheinend doch die Wahrheit erzählt, dass Erich Lehmann besoffen damit geprahlt hat, dem größten Schatz der Menschheit auf der Spur zu sein", sagte Simond und überlegte.

„Und", begann Moulin etwas verhalten, „vielleicht gehört das ja alles zusammen. Kowalke, der die Gänge, wo sie den Heiligen Gral vermuteten, ausgekundschaftet hat. Erich Lehmann, verantwortlich für die Kommandoaktion ‚Blaues Band', der in einigen der Verstecke dieses perfide Waffensystem installieren ließ."

„Und der nun aus dem Wissen um beide Geschichten Kapital schlagen will", vervollständigte Stürmer die Gedankengänge der französischen Kollegen.

„Es könnte ja sein", spekulierte Simond, „dass sich der Reisende auf der Flucht aus dem Göttinger Gefängnis auf dem Weg zur Burg Hardenberg erst einmal dort verstecken musste, und dann mit seiner Ware irgendwie nicht mehr von dort weggekommen ist, warum auch immer. Möglicherweise schien es ihm dann sicherer, diese erst einmal da zu verstecken, solange nach ihm gesucht wurde."

„Ich gehe sogar davon aus, dass Erich Lehmann in Hamburg auf der Suche nach dem Heiligen Gral war und Bernd Hausmann ihm nur zufällig über den Weg gelaufen ist", gab Renard zu bedenken.

„Was sein Todesurteil war", stimmte Simond zu.

„Ich hoffe, dass wir vielleicht schon morgen Näheres wissen", fuhr Renard fort. „Der Laptop von Lehmann ist passwortgeschützt, doch die Kollegen arbeiten daran."

„Bonjour", Moulin begrüßte Simond mit dem angedeuteten Wangenkuss, den sie dem in Deutschland üblichen Handschlag immer noch vorzogen, obwohl sie hier manchmal von anderen Männern seltsam angeschaut wurden. Simond hatte schon sein Frühstück bestellt im Kronencafé, welches mittlerweile ein fester Bestandteil ihrer täglichen Rituale war.

„Renard hat mich angerufen", begann Moulin, gleich nachdem er sich gesetzt hatte, Simond über den neuesten Stand zu informieren.

Simond hatte sich am gestrigen Abend eine Auszeit genommen und sich in Göttingen etwas umgesehen. Er war die Wallanlage abgelaufen und hatte sich noch einmal das Verhör der Frau Niedermeyer durch den Kopf gehen lassen. Als er nach Abstechern zu dem besetzten Haus der autonomen Szene und zum Neuen Theater seine Runde abgeschlossen hatte, war er im Kaffeehus eingekehrt. Dort fühlte er sich plötzlich zurückversetzt in seine Jugend, als er Student und bei den Grünen eingetreten war. Seine Ideale und die revolutionären Ideen, die gar nicht so weit entfernt waren von denen der Niedermeyer.

Er war damals eine Lichtgestalt der Szene gewesen, nicht nur äußerlich, als Rastafari mit seinem alten Wellblech Citroën und seinen Auszeiten zum Surfen am Atlantik. Beim Verhör der Niedermeyer hatte er sich mit seiner schon recht gekünstelten Empörung selbst den Spiegel vorgehalten. Das war ihm kurz danach schlagartig klargeworden.

Simond betrachtete Moulin, der gerade damit beschäftigt war, seine Bestellung aufzugeben. Er konnte sich noch genau erinnern, was ihm durch den Kopf gegangen war, als er in Chamonix/Mont Blanc das erste Mal auf ihn getroffen war. „Spießer", das war sein erster Gedanke gewesen, und „wenn der Fall abgeschlossen ist, bin ich wieder weg." Wenn er ganz ehrlich zu sich war, und seit gestern Abend hatte er das Gefühl, dass das dringend nötig sei, so sah, zumindest momentan, er selbst wie der größere Spießer aus. Ihm war gestern bewusst geworden, dass sich etwas ändern musste. Er hatte sich wie eine Art Fremdkörper gefühlt unter all diesen jungen Menschen in dem hippen Café, die gefühltermaßen durch ihn hindurchschauten. Sein

Porsche, die Designerklamotten – die Niedermeyer hatte Recht. Seine Generation war damals angetreten, die Welt zu verändern, und hatte es vergeigt, und irgendwie war er eines der besten Beispiele dafür.

Simond hatte gestern beim Anblick der jungen Menschen die tiefe Hoffnung verspürt, dass diese Generation, die ihm so erfrischend normal erschien, so blieb wie sie war, wenn sie denn einmal an der Macht war, und nicht ihre Ideale verkaufte. Normalität, das fehlte dieser Welt so dringend, die schon wieder Gefahr lief, in Extremismus abzudriften.

„Alles klar?" fragte Moulin an Simond gewandt, als er bemerkte, dass dieser nur körperlich anwesend war.

„Ja, sicher", antwortete Simond etwas erschrocken, „ich war in Gedanken, Entschuldigung. Wann, hattest du gesagt, kommt Renard?"

„Wir sollen ruhig schon frühstücken, er braucht noch circa eine halbe Stunde", entgegnete Moulin.

„Okay", Simond goss sich einen Kaffee ein, „ich habe gestern eine Entscheidung getroffen, und ich möchte dich als Ersten darüber informieren."

„Du machst es heute ja spannend", antwortete Moulin mit gerunzelter Stirn.

„Nach diesem Fall höre ich auf." Simond schaute Moulin fest ins Gesicht und wartete auf eine Reaktion.

„Schade", sagte Moulin leise, „darf ich irgendwann erfahren, warum?"

Simond war froh über die normale Reaktion seines Kollegen. „Klar", sagte er erleichtert, „wenn der Fall abgeschlossen ist."

Renard setzte sich zu seinen Kollegen und blickte sich um. „Ich habe einen Bärenhunger", sagte er lächelnd und winkte der Kellnerin, die durch ein freundliches Nicken signalisierte, ihn bemerkt zu haben. „Was ist denn passiert, ist euch eine Laus über die Leber gelaufen?", schob er noch leicht euphorisiert hinterher.

„Nein, alles gut", antwortete Moulin, „hast du Neuigkeiten für uns?"

„Das kannst du laut sagen." Renard holte einen Ordner aus seiner Tasche, gab der herbeigeeilten Bedienung seine Bestellung auf, und als er in seinen Unterlagen noch kurz etwas nachgesehen hatte, fing er an zu berichten.

„Also, heute Nacht haben meine Kollegen von der IT-Abteilung das Passwort geknackt. Die Niedermeyer hatte doch erzählt, dass die vom Wachregiment Adolf-Hitler-Clubabende abgehalten haben und Nazizeugs sammelten, und so war dann auch das Passwort."

„Wie, so?", hakte Simond nach.

„Ach, entschuldigt bitte, das ist der Schlafmangel. Das Passwort lautet ‚Adolf Hitler'. Wir können also davon ausgehen, dass dieser Laptop Erich Lehmann gehört. Auf dem Rechner waren ein Wallet generiert und die Bitcoin-Adresse der Erpressung abgespeichert. Des Weiteren haben wir darauf zahlreiche Fotokopien alter Naziakten gefunden, von Himmler und seiner fanatischen Idee, dass sich der Heilige Gral mal in Hamburg befunden haben soll. Allerdings sind diese von sehr schlechter Qualität. Das wird die Spezialisten noch einige Zeit beschäftigen. Es gibt auch einen Ordner ‚Blaues Band', der allerdings separat passwortgeschützt ist. Da sind wir noch nicht weitergekommen. Das ist im Gegensatz zu der Bitcoin Erpressung schon sehr professionell angelegt."

„Okay", sagte Simond, „und irgendein Hinweis, wo sich Erich Lehmann befindet?"

„Nein, leider nichts", Renard schüttelte den Kopf.

Erich betrachtete sich über die Spiegelfunktion seines Smartphones, nachdem er eine Prepaidkarte eingelegt und es angeschaltet hatte. Es dauerte eine Weile, bis er ein Netz bekam. Er nahm erneut die Bräunungscreme und rieb sich wiederholt die weißen Stellen auf seinem Kopf ein, die im krassen Gegensatz zu dem sonnengegerbten Rest standen, nachdem er sich den Bart abgenommen und seinen Schädel rasiert hatte. Er war mit dem Ergebnis immer noch nicht ganz zufrieden und kommentierte das mit einem „Scheiß doch drauf!" Dann zog er seinen Rucksack etwas näher an sich heran und riskierte nochmals einen prüfenden Blick in die Richtung, welche die Abschussvorrichtung beschrieb. „Perfekt", murmelte er in seinen nicht mehr vorhandenen Bart. Die Anlage war nach all den Jahren immer noch voll funktionsfähig, anders als dieser elektronische Scheiß mit diesem ganzen Computermüll, der, wenn einmal der Strom ausfiel, nicht mehr zu gebrauchen war.

Erich überlegte, ob die Polizei etwas mit seinem Laptop anfangen konnte, den er zurücklassen musste, und kam zu dem Schluss, „Nicht wirklich." Da hatte der Kowalke damals also wirklich diesen hässlichen Becher gefunden. Keiner hatte wirklich damit gerechnet, vor allem nicht Oberst Klappblau, der diese Aktion immer als „nicht prioritär" einstufen wollte. Erich hatte noch genau in

Erinnerung, wie der getobt hatte. „Ein ganzes Dorf dafür gehen lassen, der Schabowski hat doch 'ne Macke!" Andererseits wäre die DDR saniert gewesen und die Wende hätte nie stattgefunden.

Nun war das Teil verschüttet. Erich musste grinsen, diese Dilettanten von Europol hatten so ein Glück gehabt, dass sie bei der Aktion nicht draufgegangen waren. Nun gut. Er kramte in seinem alten Armeerucksack, nahm den blechernen Munitionsbehälter heraus und öffnete ihn vorsichtig. Er nahm die vorletzte Patrone heraus, legte sie in die Vorrichtung und verriegelte sie behutsam. Als er merkte, dass seine Hände zu stark zitterten, nahm er das Polafläschchen aus seiner Jackentasche und spritzte sich einige Tropfen in den Mund. „Verdammter Scheiß!", fluchte er und wartete einen Moment, bis es ihm besser ging, dann vollendete er die Verriegelung. „Okay", sagte er zu sich selbst, dann beseitigte er die Spinnweben von der mechanischen Zeitschaltuhr und stellte sie auf achtundvierzig Stunden ein. Das Ticken des Uhrwerkes von Ruhla hatte etwas Beruhigendes, was ihn veranlasste, nochmals in die Außentasche des Rucksacks zu greifen und sich ein Bier herauszuholen. An einem Felsvorsprung öffnete er die Flasche mit einem gekonnten Handballenschlag. Er trank die Flasche in einem Zug halbleer, dann betrachtete er das Etikett. „Chiemseer" stand darauf, sein Lieblingsbier seit seiner Zeit in Traunstein bei dem Kommandoeinsatz „Katzengold". Er entledigte sich durch einen Rülpser der überschüssigen Kohlensäure, dann schaute er aus der Schießscharte, die sich neben der Anlage befand, den felsigen Burgberg hinunter auf den Turnierplatz.

Dort waren die Arbeiten für das jährliche Reitturnier in vollem Gange. Er nahm sein Smartphone, mit dessen Bedienung er sich immer noch schwertat, und suchte in den Kontakten die gespeicherten Nummern vom Oberst. Er befeuchtete seinen Finger mit Spucke, wie er es vom Blättern der Akten gewohnt war, und wischte über den grünen Hörer. Nach einer kurzen Zeit vernahm er ein energisches „Ich höre".

„Oberst Klappblau, ich melde gehorsamst, Auftrag erledigt."

„Lehmann, lassen Sie den Scheiß, die Zeiten sind vorbei. Erzählen Sie."

„Das Reitturnier beginnt in sechsundvierzig Stunden. Kommandoeinsatz ‚Blaues Band' beginnt in exakt siebenundvierzig Stunden und achtundvierzig Minuten. Detonation auf der Haupttribüne im VIP Bereich."

„Wunderbar, Lehmann. Sie begeben sich zu Depot einunddreißig, da befinden sich Ihre Papiere und das Flugticket. Ihr nächster Einsatzort ist La Palma. Ihr Kollege Kalle ist auch vor Ort und bereitet die Kommandoaktion ‚Tsunami' vor."

„Mallorca?", fragte Erich ungläubig.

„Nein, Lehmann, die Insel La Palma! Sie treffen Kalle dort in Puerto Naos bei dem Ökobäcker Siggi."

Kalle und Erich saßen vor Siggis Café und genossen die Nachmittagssonne. Kalle reichte Erich die Zeitung rüber, die er schon gelesen hatte, und tippte auf den Artikel auf der ersten Seite. Erich setzte seine Brille auf und las.

„Mittlerweile dreihundert Pesttote in Göttingen. Von dort breitet sich die Seuche weiter im ganzen Bundesgebiet aus. Noch ist unklar, wo sich die Menschen angesteckt haben. Die Anrainerstaaten Frankreich, Polen und Österreich haben das Schengener Abkommen außer Kraft gesetzt. Der deutsche Flugverkehr ist zum Erliegen gekommen. Wie aus Regierungskreisen bekannt wurde, bietet eine bis jetzt unbekannte Vereinigung, die sich ‚Die Organisation' nennt, ein Antibiotikum an, welches gegen diesen multiresistenten Erreger helfen soll. Aus gut unterrichteten Kreisen hört man, für einen Betrag von fünf Milliarden Euro."

„Ist das nicht der Hammer?", fing Siggi an zu reden, als er gesehen hatte, dass Erich den Artikel zu Ende gelesen hatte. „Von wegen, unbekannte Organisation, das ist doch der IS, hundertprozentig! Da habt ihr Glück, dass ihr schon letzte Woche geflogen seit." Er schüttelte den Kopf. „Hier spinnen ja die Leute auch voll, die Amerikaner haben den Flughafen besetzt, seit dem letzten Vulkanausbruch gibt es doch hier einen Riss durch die Insel. Und nun hat der CIA angeblich Hinweise, dass jemand diesen Riss mit einer Bombe sprengen will. Ihr müsst euch vorstellen, die Insel ist zweitausend Meter hoch." Siggi stellte seine rechte Handfläche auf. „Und unter Wasser geht es im Westen auch noch mal zweitausend Meter runter." Er hielt die zweite Handfläche unter die erste. „Das sind viertausend Meter. Könnt ihr euch vorstellen, was das für eine Welle gibt? Da ist die ganze amerikanische Ostküste weg. New York existiert dann nicht mehr. Das ist krass, oder?"

Kalle grinste Erich an. „Das ist doch Quatsch, Siggi. Wer soll denn so was machen", sagte Erich grinsend. „Du alter Verschwörungstheoretiker. Bring uns lieber mal ein Bier."